하루키는
이렇게 쓴다

무라카미 하루키에게 배우는 '맛있는 문장' 쓰는 47가지 규칙

하루키는
이렇게 쓴다

나카무라 구니오 지음 | 이현욱 옮김

밀리언서재

말은, 액체다.
문장이란 음료일지도 모른다.

이렇게 쓰고보니 무라카미 하루키의 문장처럼 느껴지는 이유는 무엇일까?

이유 ① 강력한 아포리즘(격언)이니까.

이유 ② 세련된 비유 표현이니까.

이유 ③ 에둘러 말하니까.

전부 정답이다. 이렇게 조금이라도 하루키 문체의 핵심을 흡수해서 자신의 문장에 적용할 수 있다면 문장이 훨씬 매력적으로 변할 것이다.

나는 문장 쓰는 법의 많은 부분을 하루키에게 배웠다. 심플하고 음악처럼 리드미컬하다. 번역체 같기도 한 특이한 문체로 장황하게 묘사하는 소설이나 에세이도 '문장의 교과서'라고 생각하면서 읽어보면 훨씬 재미있게 즐길 수 있다.

　하루키는 고교 시절, 영어를 너무 못해서 좋아하는 작가의 영문 페이퍼백을 닥치는 대로 읽으면서 영어 실력을 키웠다고 한다. 이런 노력을 통해 하루키는 문장력을 확실하게 키웠을 뿐만 아니라 문학적 지식이나 소설을 쓸 때 필요한 노하우도 얻게 된다. 이 책은 '좋아하는 한 작가의 책을 닥치는 대로 읽으면서 배우는' 새로운 문장력 향상법에 관한 책이다.

　예를 들어 하루키 작품에서는 접속사 '혹은'이 자주 사용되는 것을 볼 수 있다.

　이 접속사는 《무라카미 하루키 잡문집》에 수록된 에세이 〈자기란 무엇인가 혹은 맛있는 굴튀김 먹는 법〉, 단편소설 〈비행기-혹은 그는 어떻게 시를 읽듯 혼잣말을 했는가〉 등의 작품 제목에도 등장하는, 정말이지 하루키적인 접속사다.

나는 어느 날 아침에 눈을 뜨니 기묘한 꿈이 기억났다. 혹은 아직 꿈을 꾸는 중이었는지도 모른다.

이렇게 쓰는 것만으로도 왠지 모르게 하루키 같은 느낌이 드니 정말 신기한 일이다. 이미 말한 것을 가볍게 예상을 뒤엎는 말로 부정해보는 것이다. 그것만으로 충분하다.

<u>중요한 것은 '테마'가 아니라 '규칙'을 가지고 쓰는 것이다.</u>

하루키적인 문장 쓰는 법을 '아이우에오'로 써보자면 다음과 같다.

1. 앗! (일단은 제목으로 놀라게 만든다)

2. 이이(좋아)! (첫머리에서 감탄하게 만든다)

3. 웅! (모두의 마음을 대변하여 납득하게 만든다)

4. 에~! (예상치 못한 전개로 더 놀라게 만든다)

5. 오~! (마지막은 여운을 남긴 채 상상의 날개를 펼치게 만든다)

이 다섯 가지만 의식하고 있어도 분명히 문장이 달라질 것이다. 모든 창조는 모방에서 시작된다. 과감하게 하루키식 문장에 도전해보도록 하자.

나카무라 구니오

차례

제2장 무라카미 하루키의 문체의 힘

'우리가 '장미'라고 부르는 꽃이 다른 이름이라도 마찬가지로

달콤한 향기가 날까?'라는 문제에 대해서

제1장

. . . .

33가지 작법으로
무라카미 하루키 읽기

① 수수께끼 같은 긴 제목을 붙인다

무라카미 하루키 작품 중에는 유난히 긴 제목이 많다.

일반적으로 문장을 쓸 때, 제목은 짧고 쉽게 짓는 편이 좋다고 말한다.

그런데 '하루키식 제목 짓기'는 발상이 완전히 정반대다.

예를 들어 하루키의 대표작 중 하나인 《세계의 끝과 하드보일드 원더랜드》의 제목은 루이스 캐럴의 《이상한 나라의 앨리스Alice's Adventures in Wonderland》의 오마주로 보인다. 그런데 사실 미국의 가수 스키터 데이비스의 히트곡 '디 엔드 오브 더 월드The End of the World'도 영향을 주었다. 즉, 한 줄의 제목에 다양한 정보가 들어있는 것이다.

이와 같이 제목을 붙이는 방식은 강력한 단어를 무작정 충돌시켜 화학반응을 일으키는 기법이다. 일본 영화 〈세일러복과 기관총〉, 〈집오리와 들오리의 코인로커〉, 〈네이키드 런치〉 등도 이와 같은 원리로 붙여진 제목이라고 할 수 있다.

《세계의 끝과 하드보일드 원더랜드》는 먼저 잡지 《분가쿠카이^{文學}界》에 발표된 중편소설 〈거리와 그 불확실한 벽〉이 발전된 형태라고 할 수 있다. 그런데 장편소설로 완성했을 때 굳이 제목을 길게 붙여서 발표한 것을 보면 《세계의 끝과 하드보일드 원더랜드》라는 제목에는 상당한 의미가 있는 것으로 보인다.

제목으로는 굉장히 긴 편에 속하기 때문에 책을 출판할 때 출판사인 신초사에서 '세계의 끝'이라는 제목으로 하자는 말도 했다고 하고 영어판이 나올 때는 제목을 '하드보일드 원더랜드'로만 하는 것이 어떨지 물어봤다는 일화도 있다. 하지만 결과적으로 이 작품은 엄청난 히트를 기록했다. 그리고 전 세계 독자들에게 두고두고 사랑받은 하루키의 대표작이 되었다.

그리고 일주일 만에 발행부수가 100만 부를 넘어 초대형 베스트셀러가 된 《색채가 없는 다자키 쓰쿠루와 그가 순례를 떠난 해》도 역시 굉장히 긴 제목의 작품이다. 이 제목 한 줄에 이야기의 중요한 요소가 전부 들어가 있다는 인상을 준다.

이 소설을 발표할 때 열렬한 팬들 사이에서는 라이트노벨 제목 같다는 이야기로 한동안 화제가 됐다고 한다.

그런데 사실 《색채가 없는 다자키 쓰쿠루와 그가 순례를 떠난 해》라는 제목에는 성공의 요소가 전부 들어있다.

'주인공의 이름'과 '앞으로 일어날 일'을 암시하는 전형적인 제목인 것이다.《닐스의 신기한 여행》,《삐삐의 새로운 모험(역주:《말괄량이 삐삐》의 일본 번역서 제목)》,《죠죠의 기묘한 모험》과 같은 베스트셀러 작품의 제목도 이와 같은 형태다.

이 이외에 요한나 슈피리의《하이디의 수업시대와 편력시대(역주:《알프스 소녀 하이디》의 원서 제목)》나 전 세계적으로 열광적인 반응을 얻었던 파울로 코엘료의《연금술사 꿈을 여행한 소년(역주:《연금술사》의 일본 번역서 제목)》과《별의 순례(역주:《순례자》의 일본 번역서 제목)》와 같은 제목도《색채가 없는 다자키 쓰쿠루와 그가 순례를 떠난 해》와 비슷한 인상을 준다.

이렇게 밀리언셀러가 된 명작의 진수를 응축하여 자연스럽게 재구성하는 것이 '하루키식 제목 짓기'의 기본 구조다.

역사적으로 가장 긴 제목이 있다.

다니엘 디포의《로빈슨 크루소》의 원제는《자신 이외의 전원이 희생된 난파로 바닷가로 흘러들어가 미국 오리노코 강 하구 가까이에 있는 무인도에서 28년 동안 혼자 생활하다가 마침내 기적적으로 해적선에 의해 구출된 요크 출신 뱃사람 로빈슨 크루소의 생애와 이상하고도 놀라운 모험에 대한 이야기》다. 하지만 이 정도로 제목이 길면 기억하기 어렵기 때문에 결국《로빈슨 크루소》또는《로빈슨 표류기》라고 생략된 형태가 된 것이다.

《세계의 끝과 하드보일드 원더랜드》
: 웰컴 투 세계의 끝 혹은 세카이계 원더랜드

　어떤 작품은 자신이 속한 장르를 넘어, 다른 장르에 더 큰 영향을 준다. 그 중 하나가 하루키의《세계의 끝과 하드보일드 원더랜드》다. 애니메이션 감독 신카이 마코토는 가장 영향을 많이 받은 작품으로 이 작품을 꼽았으며, 일본 오타쿠의 정체성을 분석한 사회학자로 유명한 아즈마 히로키는 이 작품을 오늘날 일본 애니메이션의 기본 포맷 중 하나인 '세카이계'★의 원류가 된 작품 중 하나로 꼽았다.

　《세계의 끝과 하드보일드 원더랜드》는 홀수 장 '하드보일드 원더랜드'와 짝수 장 '세계의 끝'이라는 두 개의 이야기로 나뉘어진다. 두 세계의 주인공은 '나'로 동일하다. 원래 '하드보일드 원더랜드'에 있던 '나'는 이혼한 후 홀로 살아가는 30대 중반의 남성이다. 어느 날 '나'는 '셔플링'이라는 본인의 능력을 통해 본인이 죽음을 맞이하게 될 것을 알게 된

★ "다른 이름은 '포스트 에반게리온 증후군'. '사회'나 '국가' 따위는 무시하고 '자신의 기분'이나 '자의식'이 미치는 범위 = 세계'라고 인식하는 세계관을 가진 일련의 오타쿠계 작품이 이렇게 불리고 있는 것 같다. 예를 들면 〈별의 목소리〉《최종병기 그녀》《세카이계란 무엇인가》, 마에지마 사토시(주재명, 김현아 역), 워크라이프, 2016, 33쪽

다. 더불어 죽음이란 '하드보일드 원더랜드'에서의 소멸을 뜻하며, '나'는 이로 인해 자신의 머릿속에 있는 이면세계인 '세계의 끝'으로 이행하게 될 것을 깨닫게 된다.

짝수 장의 '세계의 끝'에 등장하는 '나'는 부분적으로 기억을 상실한 상태다. '세계의 끝'은 높은 벽으로 둘러싸여 있고, 그 안의 사람들은 '마음'을 잃은 채 평온한 나날들을 보낸다. 그들이 마음을 잃은 이유는 '그림자'를 빼앗겼기 때문인데, '세계의 끝' 마을로 들어가기 위해서는 마을을 지키는 문지기를 통해 '그림자'를 떼어내야 한다. '나'는 평온하지만 어떤 감정도 기억도 없는 '세계의 끝' 마을에 대해 이상함을 느끼고, 그림자를 되찾아 탈출할 결심을 한다. 그러나 결국 '나'는 그림자만 탈출시키고 자신은 세계의 끝에 남는다.

《세계의 끝과 하드보일드 원더랜드》는 하루키가 초기의 소설적 경향에서 약간씩 벗어나기 시작한 시점이다. (더불어 1985년에 출간된 이 작품으로 하루키는 일본에서 다니자키 준이치로 상을 받기도 했다) 특히 쥐 3부작—《바람의 노래를 들어라》, 《1973년의 핀볼》, 《양을 쫓는 모험》—이라 불리는 하루키의 초기 소설과 《세계의 끝과 하드보일드 원더랜드》의 가장 큰 차이점은 '기억'에 대한 주인공 '나'의 태도 차이에 있다. '쥐 3부작'까지의 하루키의 '나'는 현재의 '나'를 형성한 과거의 기억은 무엇인가, 에 대한 이야기였다. 즉, 쥐 3부작 속 현재의 '나'는 항상 작품의 도입부에 등장하지만, 곧바로 그 도입부에 등장한 '나'를 형성한 과거의 기억을 향해 여정을 떠나고, 결말부엔 '과거의 기억으로 인해 형성된 나'에 대해 깨닫고 끝난다. 그러나《세계의 끝과 하드보일드 원더랜드》속 '나'는 다르다. 특히 '세계의 끝' 마을에 갇힌 '나'는 단순히 '기억을 회복한 후' 여정을 멈추지 않는다. 그는 일차적으로 '기억'을 품고 있는 자신의 분신인 '그림자'와 그 마을에서 나가기 위해 시도한다. 비록 '나'는 '세계의 끝'에서 온전히 나오지 못하며, 그림자만 바깥으로 내보내지만, 이는 분명 이전의 하루키 소설과는 차이가 있다.

즉, 하루키의 초기 3부작이 과거의 기억과 상처를 통해 형성된 '나'를 온전히 깨닫는 서사에 가깝다면,《세계의 끝과 하드보일드 원더랜드》는 깨달음을 넘어 '극복'의 과정에 가깝게 나아간 것이다. 어쩌면 문학을 넘어 애니메이션 장르에서 '하루키'의 영향이 퍼지게 된 것은 이러한 면모 때문일 것이다. 소년의 성장과 극복이란, 일본 소년 만화의 전통적 주제가 여실히 드러난 작품. 웰컴 투 하루키 월드, 그 입구는 '세계의 끝' 혹은 '하드보일드 원더랜드'다.

제목에 강력한 키워드를 넣는다

무라카미 하루키의 단편소설 중에는 기묘한 긴 제목을 가진 작품이 많다.

전집에도 수록되지 않은 환상 속의 작품 〈BMW의 창유리 모양을 한 순수한 의미에서의 소모에 대한 고찰〉도 꽤 긴 제목의 작품이다.

이상하게 신경이 쓰이는 'BMW', '창유리', '소모', '고찰'이라는 강한 느낌이 드는 키워드가 군데군데 들어가 한 줄의 제목만으로도 내용을 상상하면서 즐길 수 있도록 만들었다.

어느 날 '나'는 유복하지만 늘 돈에 대해 불만을 늘어놓는 친구에게 3만 엔을 빌려주게 된다. 그리고 8년 후에 연락해서 돈을 갚으라고 말하지만 금색의 롤렉스 시계를 하고 BMW 자동차를 타는 친구는 돈을 갚으려고 하지 않는다. 이런 짧은 이야기다. 이 'BMW'라는 자동차로 어느 정도 돈을 가지고 있다는 인상을 주는 작전은 하루키 작품에 종종 등장한다.

잠깐 이야기가 옆길로 새겠지만 단편소설 〈렉싱턴의 유령〉에도 오래된 저택의 현관 앞에 세워져 있는 파란색 BMW 왜건이 등장한다. 《국경의 남쪽, 태양의 서쪽》에서도 주인공 하지메가 타고 다니는 차가 BMW다. 이렇게 'BMW'라는 중요한 키워드를 배치하는 것으로 일본 거품경제기의 왠지 모르게 나른하고 풀어진 분위기를 보여주는 데 성공했다.

더 기묘한 제목도 있다.

〈로마제국의 붕괴 · 1881년의 인디언 봉기 · 히틀러의 폴란드 침입 · 그리고 강풍세계〉라는 작품이다.

이 작품은 특별할 것 없는 하루의 이야기를 에둘러 표현한 문체로 완성한 《빵가게 재습격》에 수록된 초기 단편소설이다.

어느 일요일 오후에 강풍이 불기 시작한다. 여자친구에게 걸려온 전화벨이 울렸을 때, 시곗바늘은 2시 36분을 가리키고 있었고 '이런, 나는 또 한숨을 쉬었다. 그리고 계속 일기를 썼다'라는 이야기다.

아마도 제목의 키워드인 '로마제국'은 주인공인 '나'의 혼자만의 시간, '인디언 봉기'는 여자친구에게 걸려온 전화, '폴란드 침입'은 여자친구가 집에 찾아오는 것의 비유라고 생각된다.

이처럼 숨겨진 의미를 등에 짊어진 단어가 곳곳에 들어간 제목을 통해 독자는 책을 다 읽고 나서 수수께끼의 비밀을 알아냈다고 생각하게 된다.

《4월의 어느 맑은 아침에 100퍼센트의 여자를 만나는 것에 대하여》에 수록된 단편소설 〈사우스베이 스트릿-두비 브라더스의 '사우스베이 스트릿'을 위한 BGM〉이라는 작품도 있다. 이 단편은 미국의 작가 레이먼드 챈들러에게 바치는 오마주다.

주인공은 사립탐정으로, 작품의 무대가 되는 캘리포니아 남부의 '사우스베이 시티'는 챈들러의 소설에 등장하는 거리인 '베이 시티'의 패러디다. 제목은 부제로도 쓰인 두비 브라더스의 노래 제목에서 따왔다.

흘러간 음악으로 시대를 한정한 제목은 이야기의 분위기나 시대감각을 그대로 독자에게 전달할 수 있는 효과적인 수단 중 하나다.

《국경의 남쪽, 태양의 서쪽》

: 아름다운 과거

　《국경의 남쪽, 태양의 서쪽》은《노르웨이의 숲》,《스푸트니크의 연인》과 더불어 하루키의 3대 연애소설로 일컬어진다. 더불어《노르웨이의 숲》과 같이 초현실주의적인 면이 거의 없는 하루키의 장편소설이다. 사랑과 상실을 주제로 했다는 점에서 전작《노르웨이의 숲》과 일맥상통하지만,《노르웨이의 숲》에서는 시도되지 않은 '상실의 상처에 대한 치유'가 이뤄졌다는 점에서 한 차원 나아간 듯한 느낌을 준다.

　작중 주인공은《노르웨이의 숲》의 주인공 와타나베와 같이 37세이다.《노르웨이의 숲》의 주인공이 공항에서 들려오는 노랫소리에 '과거'로 돌아간다면, 이 작품의 주인공 앞엔 '과거의 인연'이었던 시마모토가 '현재'의 시점에 나타난다. 25년 전 아주 잠깐의 인연이었지만 서로에게 '운명'을 느꼈던 '시마모토'와 '나'는 '현재'의 시점에서 다시 만나게 된 것이다. '나'는 '현재' 아내와 아이가 있는 상태이지만, '시마모토'에게 순식간에 빠지게 된다. 그러나 '시마모토'는 '나'와 하코네의 별장에서 하룻밤을 보낸 뒤 주인공 앞에서 감쪽같이 사라진다. 도쿄로 돌아온 '나'는 그간의 일을 아내에게 고백한다. 그러나 '현재'를 선택한 '나' 앞에서 '아내'는 사라지지 않고, 새로운 생활을 시작한다.

무엇보다 이 소설은 '현재'의 시점이 이야기의 주요 무대란 점이 중요하다. '과거'의 영향에서 여전히 자유롭진 않지만, '현재' 시점에 있는 주인공은 그 상실의 슬픔에 젖어 있지 않고, 새로운 일상으로 돌아온다. 누구나 과거의 상실과 슬픔이 있고, 잃어버린 사랑이 있을 수 있다. 하루키의 전작 역시 주인공인 '나'는 과거를 딛고 '현재'의 일상을 살아가는 경우가 더러 있지만, 이 소설은 그 '현재'를 살아가는 '나'가 어떤 인물일 수 있을지를 좀 더 조명하는 것이다.

특히 작품 안에서 냇킹콜이 부르는 노래 〈Pretend〉는 소설의 전체 주제를 관통한다.

"Pretend you're happy when you're blue"
(슬플 때는 행복한 척을 해요)
(중략)
"The little things you haven't got
(당신이 갖지 못한 작은 일들 따위)
Could be a lot if you pretend"
(다 좋은 일이 될 수 있어요. 당신이 행복한 척만 한다면.)

과거는 언제나 미화된다. 과거에 있었던 일은—특히 그것이 슬픔과 관련된 일이라면—좀 더 아련한 색으로 칠해지고, 때문에 우리 생의 어떤 과거는 어느 순간 개인적인 신화가 된다. 가끔 '현재'의 삶의 템포를

0.5배속 정도로 느리게 해, 상실된 신화 속에서 애수를 느끼는 것도 우리에겐 필요할 수 있다. 그러나 '그땐 그랬지'라는 감상적인 이유가 '현재'의 소중함을 넘어서는 근거가 되진 못한다. 더불어 '과거'란 사실 '선택지'가 아니기 때문에 우리에게 아련하게 남고 신화적 세계가 되는 것이다. 하루키의 《국경의 남쪽, 태양의 서쪽》은 이 지점을 정확하게 짚고 넘어간다. 과거와 단절하거나, 과거에 휩싸여 있는 것이 아니라, 과거를 음미함으로써 '현재'의 소중함을 획득하는 것이다.

  과거는 과거로 남아 있을 때 아름답다. 현재의 우리는 모두 무언가를 감수하고 살아간다. 그리고 그 현재도 언젠가 우리에게 아름다운 과거가 될 것이다.

3

말을 가지고 논다

　말을 가지고 노는 것도 무라카미 하루키 작품의 큰 특징이다.

　《채소의 기분, 바다표범의 키스》는 하루키와 일러스트레이터 오하시 아유미가 함께 작업한, 어깨의 힘을 빼고 즐길 수 있는 일상 에세이 시리즈 '무라카미 라디오'의 두 번째 작품이다.

　'커다란 순무'에 얽힌 러시아와 일본의 옛날이야기의 차이, 아보카도가 다 익었는지 확인하는 것이 얼마나 어려운지에 대해서 쓴 글 등이 수록되어 있다. 그런데 이 작품의 제목은 그야말로 하루키 제목의 백미다.

　오하시 아유미와 함께 작업한 일상 에세이 시리즈 중 하나인 《샐러드를 좋아하는 사자》도 하루키의 유쾌한 일상이 잘 드러난 에세이로 편하게 작가의 일상에 빠져들게 하는 묘한 힘을 지니고 있다.

　문장의 끝을 명사 등의 체언으로 끝맺는 방법은 문장에 리듬감을 주고 문장 끝에 오는 명사를 강조할 수 있다. 이 '체언으로 끝맺음'을 반복하면 음악을 연주하는 것 같은, 또는 랩을 하는 것 같은 재미가 생긴다.

《코끼리 공장의 해피엔드》나 《장님 버드나무와 잠자는 여자》와 같은 하루키의 단편모음집 소설들은 세상에 있을 것 같지 않은 장소와 등장인물을 통해 하루키식 기묘한 세계의 묘사에 뛰어난 작품들을 소개하고 있다.

하루키가 일러스트레이터나 사진작가와 함께한 독특한 에세이집에는 특히 제목 끝에 명사를 강조해 에세이의 유니크한 개성을 살린 작품들이 많다. 안자이 미즈마루 삽화가와 함께 작업한 《밸런타인데이의 무말랭이》, 《세일러복을 입은 연필》, 오하시 아유미 그림이 곁들여진 《저녁 무렵에 면도하기》가 대표적인 작품이다. 이외에도 이나코시 고이치 사진가와 함께한 《파도의 그림, 파도의 이야기》, 《이렇게 작지만 확실한 행복》 같은 작품도 사진가의 독특한 개성이 잘 드러난 에세이집 제목이라고 할 수 있다.

경영서, 실용서 중에도 제목이 길고 '언어유희'로 내용을 꽉 응축시킨 듯한 책이 많이 있다. 이는 정보가 과도하게 많은 현대에 내용을 순식간에 이해하도록 만드는 정교한 작전 중 하나라고 할 수 있다.

예를 들어 일본에는 《대나무 장대 가게는 왜 망하지 않을까? 나와 가까운 의문에서 시작하는 회계학》, 《만약 고교야구의 여자 매니

저가 피터 드러커의 《매니지먼트》를 읽는다면》, 《학년 꼴찌 여학생이 1년 만에 편차치를 40 올려 게이오 대학에 현역으로 합격한 이야기》 등이 엄청나게 긴 제목의 책으로 알려져 있다. 전부 '내용 설명형' 제목이다.

영화도 〈나는 내일, 어제의 너와 만난다〉, 〈쏘아올린 불꽃, 밑에서 볼까? 옆에서 볼까?〉와 같은 제목이 늘어나고 있다.

드라마 제목 역시 '저, 정시에 퇴근합니다', '후조시, 무심코 게이에게 고백하다'처럼 긴 제목이 많아졌다. 역시 인터넷상에서도 한눈에 내용을 알 수 있도록 할 필요가 있기 때문일까?

하루키 문장의 재미있는 뒤틀기 형식의 하나라 할 수 있는 '문장을 갖고 노는 방법'은 결국 주인공(주요 캐릭터)의 특이한 행동양식과 언밸런스한 종결방식의 댓구법《코끼리 공장의 해피엔드》, 《세일러복을 입은 연필》, 《채소의 기분, 바다표범의 키스》, 《샐러드를 좋아하는 사자》)을 통해 제목이 갖는 미묘한 뜻밖의 분위기와 말의 희롱을 의도한 하루키 문장의 색다른 개성이라고 할 수 있다.

《채소의 기분, 바다표범의 키스》

: 자연스러운 하루키 씨

여느 때처럼 하루키에게 정면 돌파 같은 건 없다. 정처 없이 어딘가로 흐르는 이야기는 처음의 주제와는 전혀 다른 곳에 도달하기도 하고, 유머러스한 뉘앙스로 본인의 주장을 얼버무리기도 한다. 무언가에 대해서 잠깐 '비판적인 뉘앙스'로 말하다가, 이내 '물론 아닐 수도 있겠지만' 하며 한 발을 빼며 다른 얘기를 한다. 그러나 글이 방방 뛴다는 느낌은 전혀 없고, 오히려 '적당하다'는 느낌이 든다. 아마 이런 글이 하루키에겐 '자연스러운 것'이기 때문일 것이다.

책의 에세이 중 한 편인 〈에세이는 어려워〉에서 하루키는 본인이 에세이를 쓰는 원칙을 밝히는데, 이것도 무척 '하루키' 답다.

"첫째, 남의 악담을 구체적으로 쓰지 않기.(귀찮은 일을 늘리고 싶지 않다)"
"둘째, 변명과 자랑을 되도록 쓰지 않기.(뭐가 자랑에 해당하는지 정의를 내리긴 꽤 복잡하지만)"
"셋째, 시사적인 화제는 피하기.(물론 내게도 개인적인 의견은 있지만, 그걸 쓰기 시작하면 얘기가 길어진다)"

위 세 원칙 하에서 하루키는 본인이 '쓸데없는 이야기'에 한없이 가까워지는 에세이를 쓴다는 자의식을 갖고 문장을 진행한다. 다만 '쓸데없는 말'을 하는 것 같은 편안한 '말' 속에서 어쩌면 그는 자신의 '의견'들을 편린처럼 흩뜨려놓았을 수도 있다.

가령 수록 에세이 중 하나인 〈여어, 어둠, 나의 옛 친구〉는 과거 일본의 과거 긴자선 차량과 정전에 관한 이야기지만, 하루키의 작품에 익숙한 사람들은 이 제목에서 어떤 기시감을 느낄 것이다. 이 책은 무라카미 하루키가 《앙앙》이라는 잡지에 연재했던 '무라카미 라디오'의 한 해분을 모은 것이고, 그 시점은 《1Q84》를 탈고한 시점—본 책은 일본에서 2009년에 출간되었다—이다. 20세기의 하루키는 좀 더 어두웠고 우울했다. 특히 하루키의 작중 '나'는—즉 《바람의 노래를 들어라》나 《노르웨이의 숲》의 '나'들—아직 과거의 어둠에서 벗어나지 못한 때였다. 그러나 21세기의 하루키의 작중 '나'들은 좀 더 사회적이고, 좀 덜 고립적이다. '어둠'이란 친구는 어쩌면 하루키의 과거 작중 '나'들이 아닐까? (게다가 그의 작품 중 《애프터 다크》, 즉 '어둠 이후'라는 뜻을 가진 책도 있다)

물론 이런 말을 들으면 하루키는 '글쎄요', '모르겠습니다', '그럴 수도 있겠군요' 등의 말을 할 것만 같다. 이런 말을 들어도 하루키는 반박하지 않겠지만, 동의하지도 않을 것이다. 그에게 정면 돌파라는 개념은 소설에도, 에세이에도 애초에 없을 수 있고, 그런 것은 중요한 문제가 아닐 수 있다. 그저 '개인'들이 어떤 생각들을 가지고 있고, 그 생각들이 각자 나름의 사회를 구성하며 '이냥 저냥' 살아가는 풍경들을 그는 그리고, 또 바라는 것 같다. 아니, '바란다'는 것도 그는 '내가 바란 것과 실제로 사회가 돌아가는 것은 아무 상관이 없지만'이라고 말하려나.

이 책을 읽는 다른 재미 중 하나는 '문장'이다. 특히 일반적인 에세이같이 '청자'가 없는 것처럼 문장을 쓰다가("그것은 늘 어딘가에서 잠재적으로 우리가 지나가기를 기다리고 있다."), 바로 다음 문장에서 청자에게 말을 건네듯 문장을 적는다("그렇게 생각하니 인생이란 게 뭔가 두렵군요."). '라디오'라는 단어에 어울리는 문장이다. 이 지점이 마음에 든다면 책을 읽는 내내 줄곧 문어와 구어를 넘나드는 하루키의 기교를 감상할 수 있을 것이다.

4
구체적인 '연도'를 쓴다

연도는 시대정신을 반영하는 기호로 편리하게 사용할 수 있다.

1968년에 공개된 스탠리 큐브릭 감독의 SF영화 〈2001: 스페이스 오디세이〉는 근미래를 표현하는 데 딱 좋은 연도를 사용했다.

《1973년의 핀볼》은 주인공이 환상의 핀볼 머신인 '스페이스십'을 찾는 이야기다. 어느 일요일에 혼자 사는 '내'가 눈을 뜨니 양옆에 쌍둥이 자매가 있었다는 스토리로 유명하다. 그리고 도쿄에서 쌍둥이 자매와 함께 사는 '나'와 고향인 고베에 남은 친구 '쥐'의 일상이 교차되면서 이야기가 전개된다. 쌍둥이를 이름 대신 '208', '209'라는 숫자로 부르는 것도 흥미롭다.

이 제목에 대해서는 오에 겐자부로의 장편소설《만연원년의 풋볼》의 영향을 받았다고도 한다. 그런데 1973년은 도대체 어떤 해였을까? 1973년이라고 하면 무라카미 하루키가 동급생인 요코와 학생 신분으로 결혼한 해이다. 그 후 하루키는 도쿄 분쿄구에서 침구 판매점을 운영하던 부인의 본가에서 살면서 낮에는 레코드점, 밤에는 카페에서 아르바이트를 하면서 사업 자금을 모으던 시기다. 당시 20대였던 하루키에게는 베트남 전쟁 등의 인상이 강하게 남은 해였을지도 모른다.

이 '1973년'과 '핀볼'은 절묘하게 잘 어울린다.

엄청나게 향수를 자극하는 울림이 있다. 핀볼은 1960년대부터 70년대까지 폭발적으로 유행했지만 80년대에 비디오게임이 등장하면서 바로 기세가 꺾였다. 말하자면 '1973년의 핀볼 머신'은 아마도 '2000년의 슈퍼 패미콤', '2010년의 CD플레이어' 정도일 것이다.

사라져가는 시대의 흐름을 감상적으로 표현할 때는 구체적인 연도가 굉장히 편리한 기호가 된다.

《4월의 어느 맑은 아침에 100퍼센트의 여자를 만나는 것에 대하여》에 수록된 단편소설 〈1963/1982년의 이파네마 아가씨〉라는 작품이 있다. 이 소설은 보사노바의 대표곡인 '이파네마에서 온 소녀 The Girl From Ipanema'에서 영감을 얻어서 쓴 산문적인 작품이다.

'1982년의 이파네마 아가씨'는 '1963년의 이파네마 아가씨'와 똑같이 바다를 바라보지만 레코드 안의 아가씨는 당연히 나이를 먹지 않는다는 소소한 이야기다.

여기서는 1963년과 1982년이라는 두 가지 연도가 병렬로 배치

되어 흘러가는 시간과 변하지 않는 시간이 대비된다.

또한《도쿄기담집》에 수록된 단편소설 〈식욕, 실의, 레닌그라드〉에는 트로츠키의 실각 연도와 우연히 찾아낸 주인공의 상자 발견 연도가 1918년임을 내세워 앞으로 일어날 기이한 현상을 암시하는 상징적 의미로 작용하기도 한다.

> "어쩌 됐든, 그는 창고를 정리하다가 1918년에 처남이 두고 간 상자를 발견하고 열어봤던 거죠. 그랬더니 맨 위에 페트로그라드의 어느 교수 앞으로 보내는 편지가 들어 있고, 그 편지에는 '이러저러한 사람이 이 물건을 가져갈 테니 그에 상당한 사례금을 주길 바란다'라고 쓰여 있었어요. 물론 그 마구상의 주인은 대학, 즉 지금의 레닌그라드 대학에 그 상자를 가지고 가서, 그 교수에게 면회를 신청했어요. 그러나 교수는 유대인이었기 때문에 트로츠키의 실각과 동시에 시베리아로 유형당했어요."

이밖에도《국경의 남쪽, 태양의 서쪽》에 수록된 〈열두 살의 첫사랑〉이란 단편소설에는 첫사랑의 아름다운 추억을 기억하는 숫자로 주인공이 태어난 1951년 1월 4일을 강조하고 있는 점도 눈에 띄는 장면이다. 작품에서 주인공은 이 날이 "20세기 후반에 접어든 첫 해, 첫 달, 첫 주이며 기념할 만한 좋은 날"이라고 의미를 부여하고 있다.

역시 '연도'는 독자의 기억을 상기시키는 마법 같은 스위치인 것일까?

이 외에도 조지 오웰의 근미래소설《1984》, 청춘소설《1980 아이코 16세》, SF소설《세계를 구하는 초대국 일본, 2041년》처럼 연도가 들어간 작품을 종종 볼 수 있다.

한국에서 100만 부 이상이 팔린 화제의 소설《82년생 김지영》도 주인공을 '82년생'으로 한정하여 독자들의 공감을 얻는 데 성공한 좋은 예라고 할 수 있다.

《1973년의 핀볼》

: 언제든 울 수 있지만, 함부로 울지 않는다

"이것은 '나'의 이야기임과 동시에 쥐라고 부르는 남자의 이야기이 기도 하다. 그 가을 '우리'들은 7백 킬로미터나 떨어진 마을에서 살 고 있었다."

그러나 1973년의 현재 시점에서 '쥐'와 '나'는 만나지 않는다. '쥐'는 계속 '나'의 과거 속에만 머물러 있다.《1973년의 핀볼》은《바람의 노래 를 들어라》이후 출간된 무라카미 하루키의 두 번째 소설이다.

전작인《바람의 노래를 들어라》가 1970년의 8월에 일어난 2주 동안 의 일인 데 비해,《1973년의 핀볼》은 그로부터 약 3년이 지난 1973년 9월부터 11월까지 3개월간의 이야기다.

1973년 현재, '나'는 도쿄에서 친구와 공동으로 번역 사무실을 경영 하고 있는 24살의 청년이다. '나'는 과거 자살한 여자친구 '나오코'를 못 잊고 있다. 더불어 '나'는 갑자기 1970년 '제이스 바'에서 '쥐'와 함께 했던 '스리 플리퍼 핀볼 게임 머신'을 다시 하고 싶어진다. 1971년 초 에 갑자기 사라진 그 핀볼 머신을 찾아 헤매던 중, '나'는 도쿄의 변두리 시골 마을에 있는 양계장의 거대한 냉동 창고에서 78대의 핀볼 대와 마주치게 된다. 그 중 '나'가 찾던 핀볼 머신이 '나'를 반가이 맞이하고, '나'는 그 핀볼 머신에서 '나오코'의 환상을 보고, 다시 평범한 일상을 되찾게 된다.

이 작품은 '나'의 장과 '쥐'의 장이 번갈아가면서 등장한다. 두 장이 형식적으로 다른 점은, '나'의 이야기는 일인칭으로 진행되고 있지만, '쥐'는 3인칭으로 설명되고 있다는 것이다. 그 때문에 이 소설의 주인공 혹은 '현재'의 실존을 감당하며 '살아가고' 있는 존재는 '나'다. 소설 안에선 '쥐의 세계'와 '나의 세계'가 존재하지만, 그 중 '현실'이라고 부를 수 있는 것 혹은 '플레이어의 관점'이라고 부를 수 있는 세계는 '나의 세계'인 것이다. '쥐의 세계'는 이미 지나서 객체가 되어버린 과거의 세계, 즉 '죽은 세계'다. 그 때문인지 '나'는 여정이 끝난 후 '일상'으로 돌아오지만, '쥐'는 이야기의 말미에 '제이스 바'의 주인인 '제이'에게 '마을을 떠나겠다'라는 말을 남기고 어디론가 떠나버린다.

무라카미 하루키의 초기 3부작은 시종일관 '지금, 여기'의 시점에서 '지금, 여기엔 없는' 상실된 것들을 바라본다. 《1973년의 핀볼》의 경우 '나'가 잃은 과거의 것은 크게 두 가지다. 첫째는 19살 때 자살한 여자 친구 나오코, 둘째는 1970년 '쥐'와 함께 '제이스 바'에서 맥주를 마시며 했던 '스리 플리퍼 핀볼 머신'이다. 그리고 이야기의 말미 1973년의 '나'의 시선 속에서 별개의 대상인 '나오코와 핀볼 머신'은 하나의 상징적 대상으로 얽혀지고, '나'는 잠깐 정신을 잃지만 곧 돌아온다. '나'가 정신을 잃은 이유는 아마 '슬픔' 때문일 것이다. '나'는 '핀볼 머신과 나오코'가 합쳐질 때 비로소 '상실의 슬픔'을 본연대로 경험한 것이다. 가끔 우리는 '이게 슬픈 일'인 것을 알면서도 울지 못하는 때가 있다. 그리고 나중에서야 그때의 일을 상기하며 멈춘 자리에서 하염없이 울 때가 있다. 이해와 느낌은 꼭 같이 오진 않는다. 하루키의 담담함은 이미 다 울고 난 뒤에 오는 담담함이다. 슬픔을 온전히 느낀 후에 우리는 과장하지 않고 생을 보게 된다. 언제든 울 수 있지만, 함부로 울지 않는다. 《1973년의 핀볼》은 이 지점을 우리에게 온전히 전달해준다.

⑤ 잘 이어지지 않는 말을 이어본다

　단편집《TV 피플》가운데 〈비행기-혹은 그는 어떻게 시를 읽듯 혼잣말을 했는가〉라는 작품이 있다.

　주인공은 '시를 읽듯 혼잣말을 하는' 20세 남자다. 이 남자에게는 7살 연상의 기혼자인 연인이 있는데 어느 날, 그녀에게 자신이 하는 혼잣말에 대해 지적을 받게 된다. 그리고 그녀가 보여준 메모지에 비행기와 관련된 시 같은 혼잣말이 써져 있었다는 이야기다.

　이 '혹은'이라는 단어는 무라카미 하루키의 작품에서 빈번하게 사용되는 특별한 접속사 중 하나다. 'A 혹은 B'라는 형식의 제목은 두 가지 요소를 하나의 작품 속에 배치하여 위화감을 즐길 수 있도록 만드는 효과적인 방법이다.

　자선 문집이라고 할 수 있는《무라카미 하루키 잡문집》에도 〈자기란 무엇인가 혹은 맛있는 굴튀김 먹는 법〉이라는 기묘한 제목이 등장한다.

〈세 가지의 독일 환상〉이라는 단편소설도 있다. 이 작품은 '겨울 박물관으로서의 포르노그래피', '헤르만 괴링 요새 1983', '헤어 W의 공중정원'이라는 기묘한 제목이 붙은 3장 구성의 산문시 같은 작품이다. 굉장히 하루키적인 제목으로 '강력한 단어', '숫자', '연도', '이상한 이름'이 아름다운 조화를 만들어낸다. 이 단편소설은 《반딧불이》에 수록된 작품인데, 잡지 《브루터스BRUTUS》의 특집기사 '독일의 '지금'을 아무도 몰라!'에서 취재한 실제 체험을 바탕으로 썼다고 한다. 헤르만 괴링은 독일군의 가장 높은 계급인 원수의 자리에 있던 인물로 나치스 정권의 2인자였다.

이처럼 실존 인물의 이름을 넣어 마치 논픽션이나 다큐멘터리 같은 중후한 느낌을 주는 제목으로 완성했다.

《도쿄기담집》이라는 단편소설집에 수록된 작품 제목에서도 잘 이어지지 않는 말들을 이어 붙인 제목들이 자주 눈에 들어온다. 〈날마다 이동하는 신장처럼 생긴 돌〉이 대표적인 예이다.

또한 《세계의 끝과 하드보일드 원더랜드》에 수록된 작품 제목에도 이어질 수 없는 성질의 단어들을 연결한 제목들이 많다. 〈계산, 진화, 성욕—세뇌 작업을 성공리에 끝마치다〉, 〈식욕, 실의, 레닌그라드—동·서양의 일각수에 대한 테제〉, 〈착의, 수박, 혼돈〉, 〈위스키, 고문, 투르게네프〉 등의 제목에선 낯선 단어들의 연결로 인한 기묘한 불협화음이 작품의 내용에 대한 궁금증을 자아내게까지 한다. 그

중 〈비옷, 야미쿠로, 세뇌 작업〉에 실린 소리를 뽑는 기묘한 사내의 이야기는 제목과 관련 사연이 어우러져 기묘한 사람의 이상한 이야기가 설득력 있게까지 전해지곤 한다.

"그렇지 않지. 저건 자연의 소리라네" 하고 남자는 말했다.
"어떻게 자연의 소리가 작아지는 거죠?"라고 나는 물었다.
"정확하게는 소리를 작게 하는 게 아니고 소리를 뽑는 거지"라고 남자는 대답했다.
약간 어리둥절했지만 그 이상의 질문은 안 하기로 했다. 나는 그렇게 이것저것 질문해도 좋을 만한 입장이 아니다. 나는 다만 일을 하려고 온 것뿐이며, 내 의뢰인이 소리를 없애든지 뽑든지 혹은 보드카 라임처럼 휘휘 젓든지, 그런 것들은 내 일과는 아무런 상관도 없는 것이다.

또한 〈개구리군, 도쿄를 구하다〉 같은 전혀 어울릴 것 같지 않은 동물캐릭터의 구원에 관한 제목을 통해 도쿄를 멸망으로부터 구해내는 신용금고 평범한 회사원의 얘기를 비유적 의미로 담아 의미심장하게 전하고 있다.

에세이집 《밸런타인데이의 무말랭이》에도 파리행 열차 식당칸 안에서 독일의 롬멜 장군이 점심으로 비프커틀릿을 먹는 장면이 나오는데 이것 역시 기묘한 말의 조합으로 강한 인상을 남긴다.

《샐러드를 좋아하는 사자》

: 위트 있는 하루키 씨

본 책은 잡지 《앙앙》에서 무라카미 하루키가 연재한 에세이 '무라카미 라디오'를 묶은 세 번째 단행본이다. 총 52편의 글 속에서 하루키는 편안한 문체로 평소 본인의 일상이나 생각을 가감 없이 이야기한다. 부담스러울 정도로 깊지 않고, 조악할 정도로 얕지도 않다. 때문에 각 잡고 읽기보단, 버스나 지하철에서 한 편 한 편 귤 까먹는 심정으로 읽으면 좋을 듯싶다. 혹은 여름 바람이 부는 실개천의 벤치에 앉아 조깅하는 사람들을 구경하며 읽는 것도 좋을 것 같고. 커피나 음료수 대신 물병 하나를 놓고 꿀꺽꿀꺽 마시면서 말이다.

그렇다고 하루키가 글을 대충 쓰냐면, 그건 또 아니다. 책의 첫 에세이인 〈잊히지 않는다, 기억나지 않는다〉에서 밝히듯, 그는 연재를 시작하기 전 오십 개 정도의 토픽을 미리 준비한다고 한다. 그때그때 수습하는 식으로 마감을 처리하는 게 아니라, 이미 연재를 시작하기 전에 어느 정도 틀을 갖추고 글쓰기를 시작한다는 말이다. 그러나 한 편 한 편의 에세이 안에선 하루키는 자기 마음대로 놀고 있는 것 같다. 아마 그 두 요소가 조화롭게 섞이기에 하루키의 에세이는 편안하면서도 정갈하다. (물론 이런 이유를 다 떠나서 하루키 본인이 굉장히 규칙적인 사람이란 것

도 큰 이유겠다)

외국 여행을 가서 팁을 자연스럽게 주는 방법부터(팁은 어려워), 호놀룰루의 철인3종 경기에서 종아리에 나이를 적는 것에 대한 소소한 불만(〈즐거운 철인3종 경기〉), 소설가가 되어서 좋은 점은 모른다는 것을 모른다고 자신 있게 말할 수 있는 점이라는 얘기(〈모릅니다, 알지 못합니다〉), 외국의 웨이트리스가 주문을 받으며 말한 "Soup or Salad"를 '슈퍼 샐러드'로 잘못 알아들었다는 사연(〈슈퍼 샐러드를 먹고 싶다〉) 등등, 읽다 보면 산문을 읽는다는 느낌보단 라디오에서 여러 가지 사연들을 듣는다는 느낌이 든다. 솜씨 좋은 진행자가 위트를 섞어가며 진행하는 라디오 멘트. 가끔 글이 도입부의 주제와는 다른 방향으로 흘러가지만, 이 책의 진가는 그런 의식의 흐름을 다시 결말의 방향으로 조리 있게 풀어내는 작가의 실력에서 나온다.

더불어 본 글과는 별개로 에세이 한 편당 하나씩 붙어 있는 오하시 아유미의 삽화와 마지막 페이지—모든 글의 마지막 페이지는 홀수 쪽이다—하단 부분에서 하루키가 한 마디씩 덧붙이는 문장들은 별미다. 하루키의 에세이와 삽화, 쪽 글이 합쳐져서 이 책의 전체적인 톤을 만드는 것 같다. 마지막 페이지에서 하루키가 청자에게 말을 걸듯 건네는 쪽 글은 본 편과 상관 있을 때도 있고, 그냥 하루키가 하고 싶은 말을 할 때도 있다. 별로 중요한 얘기도 아니고, 하루키의 표현대로라면 '쓸데없는 것'에 가까운 말이지만, 이런 느슨함이 이 책 전체의 톤을 만드는 데 중요하게 작용한다. ("심심할 때 곧잘 러브호텔 이름을 생각합니다. '나름대로' 같은 것 괜찮지 않나." 〈헌욕 수첩〉 끝부분)

《채소의 기분, 바다표범의 키스》에선 에세이가 글 중 가장 어렵다고 얘기했고, 이 책의 첫머리에서도 하루키는 잡지《앙앙》의 독자가 이 글들을 어떻게 읽을진 모르겠다고 얘기한다. ("이 아저씨는 무슨 소릴 하는지도 모르겠고 완전 시시해. 종이가 아깝다니까"라고 생각하셨다면 이 자리를 빌어 사과드립니다─첫 머리에) 혹자는 이런 부분에서 하루키가 예상되는 비판에 대해 지나치게 변명 조로 말한다고 비판하기도 한다. 그러나 이쯤 되면 하루키는 그냥 이런 콘셉트를 즐기고 있는 게 아닐까, 하는 생각이 든다. 실제로 그의 위트는 많은 부분 자신에 대한 비판을 위트 있게 받아들이는 지점에서 나온다.

⑥ 참신한 조어를 사용한다

'소확행小確幸'이라는 말을 들어본 사람도 많을 것이다.

사실 '소확행'은 무라카미 하루키가 '작지만 확실한 행복'이라는 의미로 만든 조어로《이렇게 작지만 확실한 행복》이라는 작품에서 나온 단어다.

이 세상에는 없는 말을 만드는 '조어'라는 작업은 새로운 세계관을 만들 수도 있는 행위다.

하루키는 일상생활 속에서 개인적인 소확행을 찾기 위해서는 많든 적든 자기 규제와 같은 것이 필요하다고 말한다. 예를 들면 참고 또 참으면서 운동을 끝낸 후에 마시는 시원한 맥주와 같은 것으로 "그래, 그렇지. 바로 이거야!" 하고 혼자 눈을 감고 자신도 모르게 말을 내뱉어버리는 감각, 그것이 바로 '소확행'의 묘미라고 말한다. 참고로 대만에서는 이 말이 고유명사로 정착할 정도로 유행했다. 새로운 조어는 하루하루 늘어간다. 참신한 조어를 만들어 말을 가지고 놀아보는 것도 나쁘지 않다고 생각한다.

그리고 《소년 카프카》라는 제목의 무크책(역주: 서적과 잡지의 성격을 모두 가진 간행물)도 있다. 장편소설 《해변의 카프카》를 쓰기까지의 과정과 독자의 메일 1,220통을 정리한 소년 만화 잡지와 같은 책이다.

안자이 미즈마루와 함께 방문한 제본공장 견학기, 통과되지 않은 표지 디자인 아이디어, 해변의 카프카 아이디어 상품 목록 등 귀중한 창작 기록이 전부 담겨 있다. 그런데 이 무크책의 제목도 '소년'과 '카프카'라는 단어가 합쳐진 조어라고 할 수 있다. 그래서 천진난만한 인상을 주는 책이 되었다.

참신한 조어는 언제라도 독자들에게 신선한 여운을 남길 수 있는 편리한 기법이다. 기본은 'A+B=AB'라는 덧셈의 조어법이다.

단편소설의 제목에도 자주 사용되는 방법으로 〈독립기관〉, 〈우천 염천〉, 〈강치축제〉, 〈시나가와 원숭이〉, 〈캥거루 날씨〉와 같이 기묘한 울림이 있는 말을 더하는 것이 하루키식 조어법이다.

《스푸트니크의 연인》

: '나'와 타인들

　《스푸트니크의 연인》은 《노르웨이의 숲》,《국경의 남쪽, 태양의 서쪽》
과 함께 하루키의 3대 연애소설로 이야기되지만, 서사의 양상은 사뭇
다르다. 1999년에 발표된 이 작품은 하루키가 이전에 발표한 작품들과
는 다른 면을 많이 보이며, 그 때문에 흔히 평론가들 사이에선 '하루키
문학의 제2기'를 시작하는 작품 중 하나로 평가되기도 한다.

　이 소설은 초등학교 교사라는 직업을 가진 '나'와 '나'의 여자친구인
소설가 지망생 '스미레', 스미레의 운명적 상대인 17세 연상 '뮤' 간의
삼각관계를 그린 연애소설이다. 그러나 기존의 연애소설이 남녀의 사
랑과 이별에 대해 말하는 것과 달리, 이 소설 속의 '나'는 오히려 스미레
와 뮤 간의 동성애적 성애를 관찰하는 입장을 자처한다.

　1999년 이전 하루키 소설에서 '나'라는 등장인물의 위치는 '주인공'
이었다. 이야기 속의 '나'는 여러 인물을 관찰하기도 했지만, 어쨌든 '나'
는 이야기의 중심 사건 속에 있었고, 그 와중에 '나'와 여러 등장인물이
교호적으로 얽히는 식의 스토리가 진행되었다. 그러나 《스푸트니크의
연인》 속 '나'는 화자이자 관찰자일 뿐이며 중심 사건에 개입하지 않는

다. 이야기의 주인공은 어디까지나 '나'의 여자친구인 소설가 지망생 '스미레'다. 더불어 '나'가 관찰자의 입장에서 관찰하는 '중심 사건'이란 것은, 자신의 여자친구가 '운명의 상대'라고 지칭하는 17세 연상의 여자 '뮤'와 스미레의 동성애적 연애 과정이다.

이 작품이 기존 하루키의 작품과 다른 점은 또 있다. 이전의 하루키 작품에서 '나'는 보통 뚜렷한 직업이 없거나, 직업이 있더라도 본인의 일에 대해 별 애정이 없거나, 혹은 현실에는 존재하지 않을 것 같은 기묘한 직업을 가진 인물로 그려졌다. 《빵가게 습격》의 '나'는 일하기 싫어 빵을 훔치러 빵가게에 들어갔다가 노래를 듣는 일을 하게 되었고, 《세계의 끝과 하드보일드 원더랜드》의 '나'는 '계산사'라는 다소 SF적인 분위기를 풍기는 직업을 가졌다. 물론 그들 중 여럿은 '훗날' 직업을 갖게 되지만, 그것은 소설의 '후일담'으로서만 약간 그려졌을 뿐이다. 그러나 《스푸트니크의 연인》 속 '나'는 초등학교 교사라는 직업을 가진 20대 후반의 남성이고, 꽤 성실하게 교사라는 직종에 근무하고 있는 것으로 그려진다.

물론 '상실과 상처'라는 하루키 소설의 전형적인 주제는 이 소설에서도 유지된다. 등단작인 《바람의 노래를 들어라》부터 하루키는 '상실된 과거'가 '현재'의 '나'에게 어떤 영향을 주느냐에 관심을 가졌던 것 같다. 어쩌면 이런 식의 수순은 자연스럽다고도 볼 수 있다. '하루키'의 '나'라는 인물들은 한 인간이 '삶'에서 성장하는 방식과 비슷하기 때문이다. 우리는 그것을 '성숙'이라고 부른다.

즉, 우리는 하루키 소설의 여정을 통해 한 인간이 성장하는 과정을 볼 수 있다. '과거'에 사로잡혀 아직 상처를 극복하지 못한 '나'부터, '과거'를 곱씹으며 극복하려는 '나', '과거'를 '현재'에 소환시켜 '현재'의 소중함을 다시금 깨달으려는 '나'를 넘어,《스푸트니크의 연인》의 '나'는 이제 '타인과 사회'에 눈을 돌릴 수 있게 된 것이다. 유아론唯我論은 극복되어야 하는 인간의 미성숙한 순간이지만, 유아론을 극복하기 위해선 유아론을 겪어야 하는 것이다.

〈칼럼 무라카미 하루키의 비유 입문〉

: 요리편

요리에 비유하는 방법은 사용할 수 있는 범위가 넓다. 마음의 내면을 나타낼 수도 있고 외모를 식재료에 비유해서 표현할 수도 있다. 비유는 문장을 돋보이게 만드는 만능 조미료 같은 존재다.

가게 안은 담배와 위스키와 감자튀김과 겨드랑이와 하수 냄새가 바움쿠헨처럼 겹쳐서 고여 있었다.
– 《바람의 노래를 들어라》 제10장

그 한 달은 거의 아무런 의미도 없었다. 흐릿하여 실체가 없는 미적지근한 젤리 같은 한 달이었다.
– 《양을 쫓는 모험》 제2장

"동물 쿠키 같은 이야기네요"라고 나는 말했다. 남자는 그 말을 무시했다.
– 《양을 쫓는 모험》 제6장

"난 괴로운 일이 있으면 항상 그렇게 생각해. 지금 이걸 해두면 나중에 편해진다고. 인생은 비스킷 통 같은 거니까."
– 《노르웨이의 숲》 제10장

뚱뚱한 여자가 핑크색 옷을 입으면 때때로 거대한 딸기케이크 같이 멍한 느낌이 드는데 그녀의 경우는 어찌 된 셈인지 잘 어울려서 색이 안정된 느낌을 주었다.

– 《세계의 끝과 하드보일드 원더랜드》 제19장

언제나 같은 유방이다. 성분 배합이 잘못되어 제대로 부풀어 오르지 않은 빵반죽 같은 모양을 하고 있다. 거기에다 좌우의 사이즈도 미묘하게 달랐다.

– 《1Q84》 BOOK2 제5장

본 건물과 별동은 전혀 어울리지 않았다. 마치 은으로 만든 접시에 셔벗과 브로콜리를 같이 담은 느낌이었다.

– 《양을 쫓는 모험》 제4장

"페니스와 바기나는, 이것도 합쳐서 한 조라고 할 수 있어. 롤빵과 소시지처럼 말이야."

– 《세계의 끝과 하드보일드 원더랜드》 제9장

"…그런 건 전부 얼굴에 쓰여 있어. 아는 사람은 다 알지. 호시노 짱의 머릿속 같은 건 배를 갈라 구운 전갱이 같이 전부 다 보여."

– 《해변의 카프카》 하권 제26장

마치 누군가가 거대한 로스트 비프를 넓은 벽에 힘껏 던졌을 때 나는 소리 같았다.

– 《세계의 끝과 하드보일드 원더랜드》 제23장

마치 내가 식은 죽이 된 것 같은 느낌이 들었어요. 흐물흐물하고 군데군데 정체를 알 수 없는 덩어리 같은 것이 있어요.

– 《태엽 감는 새 연대기》 제2부 제13장

"《공기 번데기》의 매출이 꽤 순조롭게 늘고 있다고 한마디 하고 싶어서요."
"정말 잘됐어요."
"만들면 바로바로 팔리는 핫케이크처럼 팔리고 있어요."
– 《1Q84》 BOOK1 제22장

나는 가만히 있었다. 큰 프라이팬에 새 식용유를 부었을 때 같은 침묵이 한참 그곳에 있었다.
– 《스푸트니크의 연인》 제4장

강은 빗물이 모여 갈색으로 탁해져 있었다. 가을 햇살 아래서 그것은 반짝반짝 빛나는 카페오레의 방수로처럼 보였다.
– 《양을 쫓는 모험》 제8장

그는 복숭아 껍질을 벗기듯 야마모토의 피부를 벗기기 시작했다.
– 《태엽 감는 새 연대기》 제1부 제13장

그것은 수확 시기를 지나서도 계속 자라 모양이 망가진, 곧 처분될 과수원의 과일처럼 보였다.
– 《태엽 감는 새 연대기》 제3부 제31장

머리에 뇌 대신 냉동 양상추가 들어있는 것 같다.
– 《1Q84》 BOOK3 제21장

등장인물에 '기묘한 이름'을 붙인다

무라카미 하루키 작품에 나오는 등장인물의 이름에는 아주 '정교한 덫'이 설치되어 있다.

《양을 쫓는 모험》에 등장하는 고양이의 이름은 '정어리', 초기 작품에 항상 등장하는 친구는 '쥐'다. 이 이외에도 양 사나이, 고탄다 군, 메이, 와타야 노보루, 가노 크레타, 가노 마르타, 다무라 카프카, 덴고, 아오마메, 우시카와, 다자키 쓰쿠루 등 기묘한 이름이 아주 많이 나온다.

굳이 한자가 아니라 가타카나로 표기해서 불가사의한 이름으로 만드는 경우도 많다. 독자는 수수께끼 같은 기묘한 이름에 관심을 가지고 독자적으로 해석하다 보면 점점 이야기의 미궁 속에서 빠져나오지 못하게 된다.

예를 들면 《기사단장 죽이기》에는 멘시키 와타루免色渉라는 미스터리한 이름을 가진 남자가 등장한다. 이 이름은 '색色을 면免한다'고 읽을 수 있기 때문에《색채가 없는 다자키 쓰쿠루와 그가 순례를 떠난 해》와의 관계성을 암시한다고 볼 수 있다. 또는 무언가 깊은 의미가 있는 것은 아닌지 의문을 가지게 만든다.

하지만 마지막까지 읽어도 결국 의문은 풀리지 않는다.

멘시키 와타루는 54세의 독신 남성으로 주인공인 '나'의 아틀리에와 골짜기를 사이에 두고 있는 호화로운 저택에서 약 3년 전부터 살고 있으며 '나'에게 자신의 초상화 제작을 의뢰하는 인물이다. 내부 거래와 탈세 혐의로 검찰에 검거된 과거가 있다고 묘사된다. 그런데 그렇다고는 해도《색채가 없는 다자키 쓰쿠루와 그가 순례를 떠난 해》와의 직접적인 관계는 간단하게 찾을 수 없다. 그런데도 독자는 궁금해서 참을 수가 없다. 이제는 이것이 답이 없는 퀴즈가 되는 것이다. 이 부분이 또 정말 재미있다.

이렇게 하루키 작품에 등장하는 인물의 이름에는 항상 '문을 열 수 없는 고장 난 열쇠'가 잔뜩 걸려 있다. 일단 참가하게 되면 목적지가 없는 미로 안을 걸을 수밖에 없는데, 독자들은 '숨겨진 의미'를 찾는 게임에 참가해야만 한다.

그래도 역시 등장인물의 이름은 중요하다. 지구를 구하는 영웅이 너무나도 평범한 '사토 다로'나 '야마다 하나코'와 같은 이름이라면 환상이 사라지게 된다.《노르웨이의 숲》과 같은 리얼리즘 소설을 쓸 때는 '와타나베'나 '나오코'처럼 현실적인 이름이 좋지만, 만약 백마를 탄 왕자님이 '나카무라 히로시'라면 너무 평범해서 일상에서 벗어나 작품 속으로 몰입하는 데 시간이 걸릴 것이다.

역시 등장인물은 현실감이 느껴지지 않는 이름이어야 환상 속으로 위화감 없이 깊숙이 몰입할 수 있다. 조금 기묘한 이름은 비일상적인 세계를 만들어내는 마법과도 같다.

《해변의 카프카》의 주인공은 다무라 카프카다. 도쿄 나카노 구 노가타에 사는 15세의 중학교 3학년생이지만, 과연 이런 이름을 가진 학생이 있을까? 4세 때 어머니가 누나만 데리고 집을 나간 후 아버지와 둘이서 살고 있다. 그리고 자신의 생일에 심야버스를 타고 집을 나가 다카마쓰에 있는 고무라기념도서관에서 살기 시작한다. 독서를 좋아하는 카프카의 이름은 체코어로 까마귀를 의미한다. 이 시점에서 이미 이야기는 수수께끼 투성이다.

독자는 이 '다무라 카프카'라는 기묘한 이름을 읽은 순간부터 프란츠 카프카와의 관련성에 대해서 추리하기도 하고 부조리한 일이 일어나도 동요하지 않겠다고 마음의 준비를 하기도 한다. 이런 의미에서 《해변의 카프카》의 주인공은 애초에 '다무라 카프카'이지 않으면 안 된다.

《색채가 없는 다자키 쓰쿠루와 그가 순례를 떠난 해》의 주인공 다자키 쓰쿠루_{多崎つくる}도 아주 깊은 의미를 가진 이름이다.

다자키 쓰쿠루는 역을 좋아해서 철도회사에서 근무하는 36세 독신 남성으로 여자친구의 이름은 기모토 사라_{木元沙羅}다. 나고야에 있었을 때 친하게 지냈던 친구의 성에는 전부 '색'과 관련된 한자가 들어가는데 쓰쿠루의 성인 다자키^{多崎}에만 색깔이 포함되지 않아 쭉 소외감을 느껴왔다는 이야기다.

다자키에서는 북유럽의 피오르 같은 지형이 연상되기도 하고(역주: 곶^崎이 많다^多고 해석할 수 있다), 기모토 사라는 사라쌍수^{沙羅双樹}의 나무의 뿌리로도 해석할 수 있다.

이렇게 불교적이기도 한 이야기의 등장인물이라면 '다섯 가지 색채'가 나오는 것만으로도 정신이나 지혜를 나타내는 다섯 가지 색인 '파랑^靑 · 노랑^黃 · 빨강^赤 · 하양^白 · 검정^黑'을 쉽게 연상할 수 있다. 오히려 이런 것을 떠올리지 않고 읽는 것이 더 어렵다.

이렇게 하루키 작품은 디테일을 자세하게 읽어낼수록 다양한 해석 방식이 있기 때문에 독자에게 판단을 맡긴다는 사실을 알 수 있다.

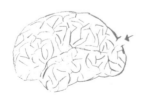

《기사단장 죽이기》

: 작가는 진실을 밝히는 사람이다

하루키의 《기사단장 죽이기》는 저자의 자전적 베스트작품선 같은 느낌을 주는 하루키 소설의 빛나는 매력을 다양하게 표현한 장편소설이다. 마치 '이게 바로 무라카미 하루키 소설이지'라는 말이 절로 나올 만큼 세련된 문장과 예측할 수 없는 스토리 전개, 캐릭터의 독특한 개성까지 저자가 지금까지 추구해온 젊은 감성과 이국적인 세계화가 돋보이는 작품이다.

이 작품은 하루키가 현세대 독자에게 던지는 메시지이자, 현대사회에서 장편소설이라는 형식의 이야기가 어떤 힘을 지니는지, 소설가가 안팎의 문제에 맞서 싸워나가는 방법은 무엇인지, 그동안 '무국적 작가'로 불려온 하루키가 자신만의 방식으로 내놓은 대답을 이 작품을 통해 확인할 수 있다.

삼십대 중반의 초상화가 '나'는 아내에게서 갑작스러운 이혼 통보를 받고 집을 나와서 친구의 아버지이자 저명한 일본화가 아마다 도모히코가 살던 산속 아틀리에에서 지내게 된다. 그리고 어느 날 천장 위에 숨겨져 있던 도모히코의 미발표작인 일본화 '기사단장 죽이기'를 발견한다. 모차르트 오페라 '돈 조반니'의 등장인물을 일본 아스카시대로 옮겨놓은 듯한 그 그림을 가지고 내려온 뒤로, '나'의 주위에서 기이한 일들이 잇따라 일어난다. 그리고 얼마 후 '나'의 앞에 '기사단장'이 나타난다. 아마다 도모히코의 그림 속 기사단장의 모습과 똑같은, 수수께끼의 구덩이에서 풀려난 '이데아'가 살아 숨 쉰다.

"이른바 난징학살사건입니다. 일본군이 격렬한 전투 끝에 난징 시내를 점령하고 대량 살인을 자행했습니다. 전투 중의 살인도 있고, 전투가 끝난 뒤의 살인도 있었죠. 포로를 관리할 여유가 없었던 일본군이 항복한 군인과 시민 대부분을 살해해버린 겁니다. 정확히 몇 명이 희생되었는지 세부적인 수치는 역사학자들 사이에도 이론이 있지만, 어쨌든 엄청난 수의 시민이 전투에 휘말려 목숨을 잃었다는 것은 지울 수 없는 사실입니다. 중국인 사망자 수가 사십만 명이라는 설도 있고, 십만 명이라는 설도 있지요. 하지만 사십만 명과 십만 명의 차이는 과연 무엇이라고 할 수 있을까요?"

"주로 노스탤지어를 자극하는 온화하고 평화로운 그림을 그렸다. 간혹 역사적인 사건을 소재로 삼기도 했지만 등장하는 인물의 모습은 대개 양식 안에 녹아들어 있다. 사람들은 고대의 풍요로운 자연속에 긴밀한 공동체를 이루고 조화를 중시하며 산다. 수많은 자아가 공동체 전체의 의사에, 혹은 온건한 숙명에 흡수되어 있다. 그리고 세계의 고리는 평온히 닫혀 있다. 아마 그것이 화백이 생각한 유토피아였으리라."

이 작품이 발표되자, 일본이 발칵 뒤집혔다. 80년 동안 일본 사회가 철저히 부정해온 치부가 만천하에 공개되는 사건이 일어났기 때문이다. 일본의 최고 소설가가 4년 만에 낸 신작소설에서 일본이 부정하고 있는 난징대학살을 인정하고, 희생자 수도 중국 측 주장에 가깝게 털어놓았기 때문이다.

이 책은 한국에서만 50만 부가 팔리는 등, 세계적인 베스트셀러가 됐으나 모국 일본의 반응은 싸늘했다. 일본에 쏟아진 비난에 대해서도 하루키는 이렇게 말했다. "아무리 우리에 맞게 역사를 다시 써도 벗어날 방법, 숨길 방법 그런 건 없다. 만약 방법이 있다면 상대가 인정할 만큼의 사죄하는 것, 그것뿐이다."

그러면서 하루키는 작가의 존재이유에 대해 "내가 대표할 수 있는 것 그리고 내가 대표해야 하는 것은 일본이 아니다. 오직 나의 신념뿐이다. 작가에게 무엇보다 중요한 것은 인간의 품격이다. 소설가는 예술인이기 이전에 자유인이어야 한다"고 일갈했다.

이 작품은 하루키 특유의 환상세계와 감성이 돋보이는 이야기이다.
그보다 윗길에 있는 일본 국민작가 소세끼보다 세계적인 인기를 끌고 있는 것은 나름대로 몇 가지 이유가 있었다. 한 가지만 말하면 좀처럼 무겁고 진지하고 엄중한 주제를 쓰지 않는다는 것이다. 개인, 일상, 취향, 환상, 낭만, 멜랑콜리 이런 것에 대한 이야기를 썼고, 이 같은 일종의 트리비얼리즘이 인류의 보편성을 획득했고, 세계인의 공감을 얻을 수 있었던 것이다.

8

'일상의 작은 일과 시간에
의식을 집중하는 생활'을 묘사해 본다

세탁, 다림질, 요리, 청소 등 무라카미 하루키는 사생활에서도 작품에서도 일상생활을 굉장히 중요하게 생각한다고 알려져 있다. 그리고 일상적인 날들을 소중하게 생각하는 하루키의 발견은 작품 속에서도 상세하게 그려진다. 이런 일상의 디테일이 하루키 문학의 중요한 세계관을 만들어내는 것이다.

미국의 건축가 미스 반 데어 로에도 "신은 디테일에 있다"라고 말했지만, 하루키 문학이야말로 그 일상의 디테일 속에 신이 있다.

등장인물은 마치 《생활의 수첩》이나 《쿠넬》과 같은 라이프스타일 잡지를 구석구석까지 자세히 읽는 것처럼 살고 있다. 《세일러복을 입은 연필》에 따르면 하루키는 실제로 주부로 생활하던 시절이 있었다. 부인이 출근하면 청소, 세탁, 장보기, 요리를 끝내고 부인을 기다렸다고 한다. 당시에는 다니자키 준이치로의 장편소설 《세설》을 1년 동안 세 번이나 읽을 정도로 시간이 많았다고 한다. 아마 이 때의 경험이 작품에 큰 영향을 끼쳤을 것이다.

이런 지루한 일상은 상상을 급격하게 발전시키는 원동력이 되고 그 후에 일어나는 여러 가지 사건과의 대비를 더 강렬하게 만들어준다.

'다림질'을 예로 들어보겠다. 세탁이나 다림질과 같은 행위는 하루키 작품에서 '정화淨化'의 메타포로 종종 등장한다. 《태엽 감는 새 연대기》의 주인공은 머리가 혼란스러워지면 항상 셔츠를 다림질하는데, 그 과정은 전부 12단계로 나눠져 있다. 《무라카미 하루키 잡문집》에 수록된 에세이 〈올바른 다림질 법〉을 보면 하루키는 "배경음악은 솔뮤직이 잘 어울린다"라고 말한다.

하루키는 《1973년의 핀볼》에서 주인공의 하루 일상과 수입에 대해서 비교적 상세하게 묘사하고 있다.

"열 시에 출근해서 네 시에 퇴근했다. 토요일에는 셋이서 근처의 디스코텍에 가서 J&B를 마시면서 산타나를 흉내낸 밴드의 연주에 맞춰 춤을 추었다. 수입도 나쁘지 않았다. 회사의 수입 가운데서 사무실 임대료와 약간의 경비, 여직원과 아르바이트생의 급여, 세금을 제외한 나머지를 십 등분해서 하나는 회사 자금으로

저금해두고, 다섯은 그가 갖고, 넷은 내가 가졌다. 원시적인 방법이긴 했지만, 책상 위에 현금을 늘어놓고서 나누는 일은 정말 즐거운 작업이었다."

또한 작품 속 주인공의 서재를 자세히 묘사함으로써 여행전문가로서의 주인공의 자질과 인문학적 소양, 음악 취향 등을 독자로 하여금 미루어 짐작할 수 있도록 하고 있다.

"왼쪽 벽에는, 하고 쥐는 계속 생각한다. 책장과 조그만 오디오 세트 그리고 레코드가 있다. 그 외에 옷장, 벤 산의 복제화가 두 장. 책장에는 책이 그다지 많지는 않다. 대부분은 건축 전문 서적이었고, 그 밖에 여행에 관계된 책, 가이드북, 여행기, 지도, 몇 권의 베스트셀러 소설, 모차르트의 전기, 악보, 몇 권의 사전……, 프랑스어 사전의 속표지에는 어떤 일로 표창한다는 말이 적혀 있었다. 대부분의 레코드는 바흐와 하이든과 모차르트 것이었다. 그리고 소녀 시절의 유물인 레코드가 몇 장……. 팻분, 밥 딜런, 플래터스."

그리고 '청소'에 대해서 말하자면 하루키에게 청소는 소중한 일상생활의 상징이다. 하루키의 주인공들도 청소를 척척 해낸다.

《양을 쫓는 모험》의 주인공은 산속 별장에서 걸레를 6장이나 사용해서 아주 꼼꼼하게 왁스칠까지 하고,《노르웨이의 숲》의 주인공 와타나베는 대학 기숙사에서 살면서도 '매일 바닥을 쓸고 3일에 한 번은 창문을 닦고 일주일에 한 번은 이불을 햇빛에 말리는' 청결한 생활을 한다. 물론 청결을 최우선으로 여기는 룸메이트 '돌격대'가 거의 대부분의 청소를 책임지는 입장이긴 하지만.

> 나 자신은 그다지 싫다는 생각을 할 이유는 없었다. 내 쪽이 내 주변을 깨끗하게 하고 있는 한 그는 나에게 일체 간섭하는 일이 없었기 때문에 나로서는 오히려 마음이 편할 정도였다. 청소는 그가 도맡아 했고, 이불도 그가 말렸으며 쓰레기도 그가 처리해 주었다. 내가 바빠서 사흘쯤 목욕을 거르면 쿵쿵 냄새를 맡아보고는 목욕하는 게 좋겠다고 충고해주었고, 이제 슬슬 이발소에 갈 때가 되었다느니, 코털을 깎아야 되겠다느니 하는 말을 해주곤 했다.

이렇게 충실하게 일상생활을 하는 모습을 묘사하면 작품의 리얼리티를 연출하는 굉장히 중요한 기반이 된다.

9

'장소'에 대해 상세하게 묘사한다

무라카미 하루키의 작품은 구체적인 지명이 중요한 열쇠가 되는 경우가 많다. 항상 무대 설정이 아주 꼼꼼하게 이루어진다.

《여자 없는 남자들》에 수록된 단편소설 〈드라이브 마이 카〉를 예로 들어 생각해보겠다. 주인공인 배우 가후쿠는 녹내장 때문에 운전을 할 수 없게 된다. 그래서 노란색 사브 900 컨버터블의 운전사로 홋카이도 출신 와타리 미사키를 고용한다. 미사키의 출신지는 《분게이슌주文藝春秋》에 연재할 때는 홋카이도 나카톤베쓰초中頓別町라는 실제 지명이 등장하지만 이 지역에서는 '담배꽁초를 함부로 버리는 일이 일상적으로 일어난다'는 식의 표현이 문제가 되어 단행본으로 출간할 때 《양을 쫓는 모험》에 등장하는 가공의 마을 '주니타키초十二滝町'의 북쪽 마을이 연상되는 가미주니타키초上十二滝町로 변경된다.

즉 독자는 《양을 쫓는 모험》에서 묘사된 장소가 나카톤베쓰초 기까이에 실재하는 비후카초美深町 부근이라는 사실을 알아낼 수 있다. 이렇게 이야기 속에 등장하는 지명까지도 세밀하게 계산해서 실제로 독자가 소설의 무대가 되는 공간에 찾아가도 위화감이 없을 정도로 묘사하는 것이다.

특히 하루키 문학을 이야기할 때 '아오야마靑山 부근'은 작품을 해석하는 데 중요한 열쇠가 된다. 하루키 자신이 경영하던 재즈카페 '피터 캣'이 아오야마에서 가까운 센다가야에 있었을 뿐만 아니라 주요 작품에는 반드시 아오야마가 등장한다. 게다가 친분이 있는 일러스트레이터 안자이 미즈마루와의 교류의 장이기도 했다. 소설가가 되기로 결심한 '진구구장', 데뷔작《바람의 노래를 들어라》를 쓴 피터 캣의 주방. 이 주변을 산책하면 하루키 작품의 비밀이 풀린다.

피터 캣이 있었던 곳은 현재는 음식점(비스트로 사카바 가야)이 되었지만 주방의 위치 등은 당시와 같아서 지금도 예전의 모습을 느낄 수 있다. 근처에는 하루키가 즐겨 가던 '나카 이용실'도 있다. 첫 단편집《중국행 슬로보트》의 일러스트는 안자이 미즈마루가 담당했다. 여기에 수록된 〈가난한 아주머니 이야기〉에는 피터 캣 근저 신주쿠의 '회화관' 앞 광장에 있는 '일각수 동상'을 올려다보는 장면이 나온다. 주인공인 '나'는 산책을 하던 중에 회화관 앞의 일각수 동상을 올려다본다. 그리고 그 주위에 있는 연못 바닥에 가라앉은 녹이 슨 몇 개의 콜라 캔을 보고 폐허가 된 거리의 모습을 연상하는 장면부터 이야기가 시작된다.

66

그리고 이 동상은 후에 《세계의 끝과 하드보일드 원더랜드》에 등장하는 일각수의 모델이 된다. 구체적인 장소를 묘사하면 독자는 이야기와 현실을 교차시켜서 오감으로 스토리를 즐길 수 있다.

몇 번이고 같은 장소가 등장하거나 같은 설정이 반복되면 작자의 개성이 돋보인다. 그러니까 피할 필요가 없다. 독자는 '위대한 매너리즘'을 기대하고 있기 때문이다.

《1973년의 핀볼》의 주인공이 일하는 번역사무소는 시부야에 있다. 그리고 《댄스 댄스 댄스》에도 시부야와 아오야마 부근이 굉장히 많이 등장하고 주인공인 '나'는 아오야마에 있는 고급 슈퍼마켓인 기노쿠니야에서 채소를 구입한다. '나'는 시부야에서 영화를 보고 하라주쿠로 가서 항상 걷는 코스로 산책을 한다. 하라주쿠에서 진구구장을 지나 다시 시부야 쪽으로 걷는다. 이것은 실제로 하루키 자신이 산책하는 코스이기도 했다.

작품 안에 작가의 사적인 정보가 나오는 것도 중요한 한 가지 포인트다. 독자는 하루키의 일기를 엿본 것 같은 기분을 느낄 수 있다.

장편소설 《국경의 남쪽, 태양의 서쪽》에도 아오야마는 가장 중요한 공간으로 등장한다. '나(하지메)'는 결혼 후에 미나미아오야마에서 '재즈음악이 흐르는 고급 바'를 운영하고 있다. 그리고 아주 부유하고 안정된 생활을 손에 넣는다. 그런데 이때 예전에 좋아하던 '시마모토 씨'가 나타나고 '나'는 자신의 존재의 의미에 대해 다시 생각하게 된다. 이 소설의 주요 무대는 일본 경제의 거품이 절정에 달했던 시기의 도쿄다. 재즈 바를 운영하고 책을 좋아하는 주인공이 등장하는 것을 보면 하루키의 자전적인 소설로도 볼 수 있을 것이다. 《노르웨이의 숲》의 주인공 와타나베가 대학을 졸업하고 취직한 후에 재즈 바를 경영하는 하루키의 자전적인 '작은 사랑 이야기'로 읽어도 재미있을 것 같다.

아오야마도리(역주: 아오야마 중심을 통과하는 길)라고 하면 《색채가 없는 다자키 쓰쿠루와 그가 순례를 떠난 해》의 주인공 쓰쿠루가 싱가포르 출장에서 돌아온 여자친구 사라와 함께 식사를 하는 곳이 미나미아오야마의 지하에 있는 프랑스 레스토랑이다. 지하에 있는 캐주얼한 레스토랑으로 이 이미지와 가까운 가게라고 하면 고기 요리를 전문으로 하는 반 브루레 ヴァンブリュレ일까? 쓰쿠루는 '삶은 소고기 요리', 사라는 '오리고기 로스트'를 먹고 시부야까지 아오야마도리를 걸어서 돌아간다.

그리고 '오모테산도의 카페'도 등장한다. 쓰쿠루는 핀란드에 사는 구로(구로노 에리)에게 줄 기념품으로 그림책을 구입한다. 하루키는 이 장소가 아오야마도리에서 살짝 뒤쪽으로 들어가면 나오는 곳이라고 자세하게 묘사한다. 이곳은 아마도 그림책 전문서점인 '크레용하우스'일 것이다. 그리고 쓰쿠루는 오모테산도 길가에 있는 카페로 들어간다. 여기서 커피와 참치 샌드위치를 주문하고 바깥 풍경을 바라보다가 여자친구인 사라가 중년의 남성과 데이트하는 장면을 목격하게 된다. 오모테산도의 길가에 있는 카페로는 '애니버서리 카페' 등을 생각해볼 수 있다.

이와 같이 실제로 존재하는 장소를 아주 상세하게 묘사하면 독자는 작품에서 일어나는 일을 마치 자신이 경험한 것처럼 받아들인다. 그리고 점차 현실을 문학처럼 느끼게 되어 작품에서 벗어나기가 힘들어진다.

이상한 말투를 사용한다

등장인물의 말투가 이상하다면 어떤 효과가 있을까? 예를 들어 《해변의 카프카》에 등장하는 '나카타 씨'는 고양이와 대화를 할 수 있는 60대 남성이다. 나카타 씨는 어렸을 때 피난생활을 하면서 조우한 어떤 사건을 겪은 후부터 읽고 쓰는 능력을 잃어버렸다. 현재는 지적장애인으로 도쿄도의 보조금을 받으며 나카노 구 노가타에서 살고 있다.

그리고 "나카타는 ~입니다", "나카타는 ~인 것입니다"라는 특징적인 말투를 사용한다.

예를 들어 드라마 '형사 콜롬보'에서는 주인공인 콜롬보가 "우리 집사람이 말이야"와 "아, 잠깐, 한 가지만 더요"라는 매번 같은 대사로 상대방을 추궁한다. 일본의 유명한 드라마 · 영화 시리즈 '남자는 괴로워'의 주인공 '후텐의 토라 씨'는 "그걸 말해버리면 진짜 끝이야!"라고 말하며 매번 똑같이 싸움을 건다.

매번 똑같이 등장하는 익숙한 대사와 말투야말로 이야기에 다양한 색채를 더한다. 개성이 강한 말투는 익숙해지면 중독이 되는 마법의 약이다.

무라카미 하루키 작품에 자주 등장하는 '이런, 이런やれやれ'은 토라 씨의 "잔돈은 필요 없다. 전부 가져가라, 도둑!", "노동자 제군!"과 마찬가지로 등장하면 반갑게 느껴진다.

《기사단장 죽이기》에 등장하는 캐릭터인 기사단장도 이상한 말투를 사용한다. '없다ない'를 '있지 않다あらない'라고 말한다(역주: 일본어에서 '있다ある'의 부정형은 '있지 않다あらない'가 아니라 '없다ない'다). 작가 가와카미 미에코가 인터뷰어가 되어 하루키를 인터뷰한《수리부엉이는 황혼에 날아오른다》의 광고 문구에서 '그저 그런 인터뷰가 아니다ではあらない(역주: 원래대로라면 'ではない'로 써야 하지만 기사단장의 말투로 'ではあらない'라고 표현했다)라고 패러디될 정도로 기사단장의 말투는 계속 귀에 맴도는 말투다.

《1Q84》에 등장하는 17세의 미소녀 후카다 에리코, 통칭 '후카에리'도 말투가 조금 특이하다. 후카에리는 사이비 종교단체 '선구'의 리더 후카다 다모쓰의 딸이며 '공기 번데기'라는 제목의 소설의 저자로 등장한다. 글자와 문장을 읽고 쓰는 것이 어려운 난독증을 가지고 있지만 긴 문장을 통째로 암기해버리는 특수한 능력도 가시고 있다. 그리고 '~히면 돼'와 같은 무뚝뚝하게 억양이 없는 말투를 구사한다.

　이야기에서 캐릭터를 만들 때 외모만으로는 다 표현하기 어렵기 때문에 이 '말투'가 아주 중요한 요소가 된다. 시각적인 정보가 주어지지 않는 문학에서는 어떤 캐릭터의 말인지 구별하기 위해서도 말투를 아주 세세하게 구분해서 사용한다.

　다음과 같은 방법을 생각해 볼 수 있다.

　　① 사투리를 사용해서 출신지를 자연스럽게 보여준다.
　　② 어미만 조금씩 바꿔서 표현한다.
　　③ 가벼운 느낌의 어미 또는 대량의 가타카나 단어를 더하거나 말을 줄여서 스스럼없는 젊은 느낌을 표현한다.

　예를 들어 애니메이션 〈사자에 씨〉에 등장하는 사자에와 마스오의 장남 '타라 짱'과 만화《도라에몽》에서 눈에 띄는 조연인 '스네오의 엄마'는 항상 독특한 어미를 사용한다.

　만화《천재 바카본》에서 바카본의 아빠는 곤란한 상황에서 항상 "그걸로 됐어!"라고 말하면서 그곳의 혼란을 정리한다.

　역시 인기 작품의 캐릭터(특히 서브캐릭터)에는 존재를 돋보이게 만드는 '말투'가 필요한 것이다.

⑪
몇 번이고 같은 등장인물이 등장한다

같은 등장인물이 몇 번이나 반복해서 등장하면 왜 반갑게 느껴질까?

장편소설 《태엽 감는 새 연대기》에 등장하는 고등학생 가사하라 메이는 주인공 오카다 도오루의 집 근처에 산다. 가발 공장에서 아르바이트를 하며 학교에는 가지 않고 집 정원에서 일광욕을 하거나 뒷골목을 관찰하며 지내고 있다. 그런데 이 가사하라 메이라는 이름을 가진 인물은 《빵가게 재습격》의 〈쌍둥이와 침몰한 대륙〉과 《밤의 거미원숭이》의 〈장어〉에도 등장하는 비밀스러운 인물이다. 무라카미 하루키의 팬이라면 '어? 이 사람 아는데' 하고 알아채고 기뻐할 것이다.

아마도 이것은 팬 서비스가 아닐까 한다.

《TV 피플》의 〈가노 그레타〉에 등장하는 가노 크레타는 산속의 오래된 집에서 언니 가노 마르타와 함께 살고 있다. 일급 건축사 자격을 가진 수수께끼의 미녀다. 이 둘은 후에《태엽 감는 새 연대기》에서도 같은 이름의 자매로 등장한다. 신기한 직감을 가지고 물을 사용해서 점을 보는 점술가 마르타는 항상 빨간색 비닐 모자를 쓰고 보수는 받지 않는다. 지중해의 몰타 섬에서 수행했던 경험이 있는 마르타는 그 땅에 흐르는 물과 자신의 궁합이 좋다고 생각해서 이름을 '마르타'(역주: 몰타의 일본어 발음이 '마르타'다)로 지었다. 이 경우도 인기 있는 단편의 등장인물이 장편에서 활약하는 모습을 보고 팬들은 엄청 반가워했을 것이다.

같은 등장인물이 몇 번이고 반복해서 등장하면 반가워하는 마니아적인 '팬심'을 잡는 장치라고 할 수 있다.

양 사나이와 양도 종종 등장한다. 양 사나이가 하루키의 분신 같은 존재라면 양은 하루키 월드를 대표하는 동물이라고 할 수 있다. 《양을 쫓는 모험》을 집필하던 시기에 홋카이도를 여행했다는 하루키는 양에 대해서 꽤 자세하게 조사를 했다. 이때 취재 요청을 받은 면양 연구의 1인자인 히라야마 히데스케는 도쿄에서 온 히피 같은 부부가 찾아와 열심히 질문을 하길래 당연히 양을 키우려고 하는 사람이라고 생각했다고 한다. 그런데 그 후에 사인이 된《양을 쫓는 모험》이 도착했다는 에피소드도 있다.

양 사나이는《양을 쫓는 모험》과《댄스 댄스 댄스》에 등장하는 양의 모습을 한 인간으로 양의 털가죽을 머리부터 푹 뒤집어쓰고 있다. 주인공의 내면에 존재하는 아이의 모습^{inner child} 같은, 다른 세계의 은둔자 같은 존재다. "나에게는 영원한 히어로"라고 말할 정도로 작가 자신도 인정하는 하루키의 분신 같은 캐릭터다.

그림책《양 사나이의 크리스마스》,《이상한 도서관》, 단편소설〈시드니의 그린 스트리트〉(《중국행 슬로보트》에 수록), 초단편소설〈스파게티 공장의 비밀〉(《코끼리 공장의 해피엔드》에 수록) 등 다양한 작품에 등장한다.

《양 사나이의 크리스마스》는 다음과 같은 내용이다. 양 사나이는 크리스마스를 위한 음악을 작곡해달라는 부탁을 받는다. 하지만 구멍이 뚫린 도넛을 먹어버려 음악을 만들지 못하는 저주에 걸리게 된다. 환상적인 사사키 마키의 그림이 아주 멋진 크리스마스 그림책이다.

《양을 쫓는 모험》은 하루키가 경영하던 재즈카페 피터 캣을 친구에게 넘겨주고 전업작가가 되어 처음으로 쓴 장편소설이다. 미스터리한 조직이 등에 별 모양의 반점이 있는 양을 뒤쫓는 이야기로 '나'는 행방불명이 된 친구 '쥐'가 관련이 된 것 같은, 사람 안에 들어가서 사는 기묘한 양을 찾는 모험을 떠나게 된다. 홋카이도를 무대로 돌고래 호텔의 양 박사, 양 사나이, 귀가 예쁜 여자친구 등 기묘한 기호가 여기저기 뿌려져 있는 하루키 월드가 펼쳐진다.

《4월의 어느 맑은 아침에 100퍼센트의 여자를 만나는 것에 대하여》에 수록된 단편〈그녀의 거리와 그녀의 면양〉은《양을 쫓는 모험》의 원형이 된 이야기다. 무대는 10월의 눈발이 흩날리는 삿포로다. 작가인 '나'는 친구가 있는 곳으로 여행을 하면서 TV에서 크게 미인은 아닌 스무 살 정도의 관공서 직원을 보게 된다. 그리고 그녀가 사는 거리와 그녀의 면양에 대해 관심을 가지는 이야기다.

이렇게 동일한 등장인물이나 동물을 몇 번이고 반복해서 등장시키는 것으로 모든 것이 이어져 있다는 사실을 독자에게 보여주면서 모두가 무라카미 하루키라는 이름의 테마파크의 주민이라는 사실을 암시하는 것이다.

《빵가게 재습격》
: 일하긴 싫었으니까

    이 책은 하루키의 초기 소설집으로서 그의 재기발랄한 상상력과 자본주의적 세계에 대한 작가의 의식을 엿볼 수 있는 작품집이다. 아홉 개의 단편 속에는 '세계'와 위화감을 일으키는 여러 상황과 인물이 등장한다. 가령 어떤 인물은 일도 안 하면서 배고프다고 빵가게를 습격하기도 하고(〈빵가게 재습격, 빵가게 습격〉), 한 마을에선 돈을 들여 빈 깡통 밟기 역할을 맡기기 위해 코끼리를 사들인다(〈하이네켄 맥주 빈 깡통을 밟는 코끼리에 관한 단문〉). 특히 표제작인 《빵가게 재습격》의 경우 이 단편집의 성격을 대표하는 작품이라 볼 수 있다.

> "왜 그런 짓을 했어? 왜 일하지 않았어? 아르바이트를 조금만 해도
> 빵 정도는 살 수 있었을 거 아냐? 아무리 생각해도 그 편이 간단한
> 것 같은데. 빵가게를 습격하는 것 보다는."
> "일하기 싫었으니까." 나는 대답했다.

    까놓고 말하자면, 일하는 것보다 더 귀찮은 것은 빵가게를 습격해서 빵을 얻어오는 일이다. 잠깐의 노동과 서비스적 마인드는 우리에게 '돈'을 준다. 그것으로 우린 빵도 사 먹을 수 있고, 밥도 사 먹을 수 있고, 심

지어 동물원에 가서 코끼리를 볼 수도 있다. (물론 우리가 가는 동물원에는 하이네켄 깡통을 밟는 코끼리는 없을지도 모르지만) 그러나 《빵가게 재습격》의 '나'가 빵가게를 습격해서 얻고자 한 것은 고작 '공복감'의 해결을 위한 빵이었다. 실제로 《빵가게 재습격》의 '나'와 '아내'가 습격한 곳은 '맥도날드'였고, 그곳 직원들을 기둥에 묶고 빼내온 것은 30개의 빅맥이었다.

2020년 대한민국 기준, 빅맥 30개의 가격은 135,000원이다. (세트 30개의 가격은 177,000원이다) 아내와 강도질을 해가며 얻은 소득이 20만 원이 안 되는 금액이란 게 우습지만, 《빵가게 재습격》의 '나'가 귀찮아하는 것은 정확히 말하면 이런 식의 '자본주의적인' 생각이다. 그에게 '빅맥'이란 4,500원과 교환되는 환산된 가치로서의 '상품'이 아니라, 자신의 공복감을 해결해주는 '물질'로서의 식량인 것이다. 그 때문인지 《빵가게 재습격》의 결말, '나'와 '아내'는 빅맥과 콜라를 양껏 먹고 만족스러운 기분으로 차에서 같이 담배를 피운 상황에 대해 약간의 위화감을 느낀 나는 "이럴 필요까지 있었을까?"라고 아내에게 물어보지만, 아내는 당연하단 듯이 "물론이지"라고 답한다.

허먼 멜빌의 《필경사 바틀비》 속 바틀비는 저항의 방법으로 '아무것도 안 하는' 방법을 선택한다. 《빵가게 재습격》의 '나' 또한 일하지 않는다. 맥락과 상황이 달라 두 이야기 속 인물이 같은 유형이라고 말할 순 없다. 그러나 적어도 '자본주의적 세계' 속에서 저항의 방식으로 '가만히 있음'을 선택한다는 점에서 허먼 멜빌의 '바틀비'와 하루키의 '나'는 동지다. 이들의 행동은 그들이 의도하든, 의도하지 않았든, 끊임없는 재생산을 통해서만 유지되는 '자본주의적 생산 양식'에게 '저항'으로 작용하는 것이다. (물론 자본주의는 가끔 발생하는 이러한 '돌발의 사건'들에 익숙해지며 더 강력해졌다. 계산의 범위에 '예외'를 포함하는 방식으로 말이다.)

단편집《빵가게 재습격》에는 이외에도 흥미를 불러일으키는 여러 장치가 눈에 띄는데, 한 예로 '와타나베 노보루'라는 이름의 '인물'이 9개의 단편 중 세 번이나 등장하며, 훗날《태엽 감는 새 연대기》라는 장편소설의 모티브가 된〈태엽 감는 새와 화요일의 여자들〉이란 단편에선 '와타나베 노보루'란 이름의 고양이가 등장한다. '세계'에 대해 신선한 반항을 시도하는 '하루키'를 만나고 싶다면 이 책의 단편들을 한 번 읽어보면 좋을 것 같다.

하루키의 초기 소설집으로서 그의 재기발랄한 상상력과 자본주의적 세계에 대한 작가의 저항의식을 엿볼 수 있는 작품집이다.

갑자기 소중한 무언가가 사라진다

무라카미 하루키의 작품에서는 항상 갑자기 무언가가 사라진다. 고양이가 사라지고, 아내가 사라지고, 애인이 사라지고, 색이 사라진다. 그렇게 마법처럼 여러 가지가 차례차례 사라지는 것이 하루키식 '양식'의 아름다움이다.

마치 영화나 애니메이션에 나오는 고전적인 마술사처럼 한순간에 사람을 사라지게 만든다. 《태엽 감는 새 연대기》에서는 고양이가 사라진 후 아내가 사라지고, 《국경의 남쪽, 태양의 서쪽》에서는 시마모토 씨가 하코네의 별장에서 사라지고, 《스푸트니크의 연인》에서는 스미레가 그리스의 섬에서 연기처럼 사라지고, 《기사단장 죽이기》에서는 '내'가 그림을 가르치는 소녀 아키카와 마리에가 사라지고, 단편소설 〈파랑이 사라지다〉(《무라카미 하루키 전집 1990~2000》 제1권에 수록)에서는 이 세상에서 파란색이 사라진다.

이처럼 하루키 작품에서 여성이나 고양이 등의 '갑작스러운 실종'이나 '상실감'이 중요한 테마가 되는 것은 분명하다. 그리고 어느 정도 시간이 흐르면 주인공이 그것을 찾기 시작하면서 이 세계의 뒤편으로 깊숙이 들어가게 된다. 이것이 하루키 문학의 큰 줄기라고 할 수 있다.

바다가 사라지는 이야기도 있다. 〈5월의 해안선〉에서 '나'는 12년 만에 자신이 태어나고 자란 거리로 돌아가 바다 냄새를 찾아 어린 시절 놀던 해안을 찾아가지만 바다는 사라지고 없다.

'나'는 매립된 콘크리트 사이로 덩그러니 남아 있는 해안선을 바라본다. 잃어버린 풍경을 찾는 자전적인 이야기로 《4월의 어느 맑은 아침에 100퍼센트의 여자를 만나는 것에 대하여》에 수록된 작품이다.

《도쿄기담집》에 수록된 단편 〈어디가 됐든 그것이 발견될 것 같은 장소에〉에서는 어느 날 맨션의 24층과 26층 사이의 계단에서 돌연 남편이 사라진다. 아내에게 의뢰를 받은 주인공 '나'는 매일 그 계단을 조사하지만 아무리 찾아도 남편의 행방을 알 수가 없다. 하루키가 자주 사용하는 키워드인 엘리베이터, 팬케이크, 계단, 도넛 등이 여기저기서 등장하는 참으로 기묘한 이야기다.

마찬가지로 《도쿄기담집》에 수록된 걸작 단편 〈하나레이 해변〉에서는 피아니스트 사치의 19살 외동아들이 하와이의 하나레이 해변에서 서핑 중에 상어에게 습격을 당해 사라진다. 그 이후로 사치는 자신의 가게에서 거의 쉬지 않고 피아노를 치다가 아들의 기일이 되면 3주간 휴가를 내고 하와이의 카우아이 섬에 있는 하나레이 해변으로 간다. 그리고 매일 해변에 앉아서 바다와 서퍼들의 모습을 바라보는 안타까운 이야기다.

《신의 아이들은 춤춘다》에 수록된 〈쿠시로에 내린 UFO-어떤 '이혼 선언' 이후〉에서도 어느 일요일 오후 시간에 직장에 다니던 고무라가 일을 마치고 집에 와보니 온데간데없이 사라진 아내에 대해서 묘사하고 있다. 작품 속에선 고베 지진의 충격과 평소의 부부생활에 대한 불만을 그대로 표출하고 있는 아내의 충격적인 고백이 내밀하게 그려져 있다.

> "닷새 후인 일요일, 평소와 같은 시각에 그가 일을 마치고 집에
> 돌아와 보니, 아내의 모습은 사라지고 없었다."

하지만 고베 지진이 일어난 지 닷새 후에 그녀가 집을 나가면서 남긴 편지에는, "두 번 다시 당신에게 돌아올 생각은 추호도 없다"고 쓰여 있었다. 거기에는 왜 그녀가 고무라와 함께 살고 싶지 않은가, 하는 이유가 간결하게, 그리고 명확하게 쓰여 있었다.

> "문제는 당신이 내게 아무것도 해주지 않는다는 거예요. 좀 더 정
> 확히 말하면, 당신의 내부에는 나에게 주어야 할 게 아무것도 없

단 말이에요. 당신은 다정하고 친절하고 멋있지만, 당신과의 생활은 마치 공기 덩어리와 함께 살고 있는 것 같아요. 물론 그것은 당신 한 사람의 책임만은 아니에요. 당신을 좋아하게 될 여성은 많이 있을 거라고 생각해요. 전화도 걸지 마세요. 남아 있는 내 짐은 모두 처분해주세요."

이렇게 상실과 재생이 반복되는 가운데 주인공인 '나'는 조금씩 성장해나간다.

'동물' 또는 '동물원'이 등장한다

쥐, 양, 코끼리, 고양이, 강치, 새 등 무라카미 하루키의 작품에는 동물들이 아주 많이 등장한다. 《양을 쫓는 모험》의 양 사나이, 《태엽 감는 새 연대기》의 고양이와 새가 있고, 단편소설 〈코끼리의 소멸〉, 〈개구리군, 도쿄를 구하다〉 등에도 역시 동물이 중요한 존재로 등장한다.

고대 그리스에서 이솝이 도덕적이고 풍자적인 주제를 가진 이야기인 '우화'라는 장르를 확립했는데, 여기서도 의인화된 동물이 큰 활약을 보여준다. 교훈을 목적으로 한 짧은 이야기에 동물은 반드시 필요한 존재다.

동물을 통해 교훈이나 풍자를 보여주는 기법은 서양 미술에서도 사용된다.

고양이는 자유, 잔혹, 다산, 육욕적.

개는 충실, 헌신.

새는 시간, 영혼, 자유.

물고기는 생명, 지혜, 어리석음.

양은 무구, 품격, 신의 제물.

쥐는 파괴, 밀고, 빈곤.

원숭이는 흉내, 악의, 오만, 미숙한 인간.

동물은 '숨겨진 깊은 의미'를 가진 중요한 모티브로 이야기에 깊이를 더한다.

예를 들어 〈시나가와 원숭이〉(《도쿄기담집》에 수록)라는 단편소설에서 주인공인 안도 미즈키는 1년 전부터 가끔씩 자신의 이름이 생각나지 않아서 힘들어한다. 시나가와 구에서 운영하는 '마음 고민 상담실'에서 카운슬러에게 상담을 받으면서 이 병의 원인이 이름을 훔치는 '원숭이' 때문이라는 사실이 밝혀진다. 그리고 이름과 함께 마음속 어둠도 함께 돌아온다는 이야기다.

단편소설 중에 〈캥거루 통신〉(《중국행 슬로보트》에 수록)이라는 작품도 있다. 주인공인 '나'는 26세로 백화점 상품관리과에서 근무하고 있다. 동물원의 캥거루 우리 앞에서 어떤 계시를 받아 고객의 불만사항에 대한 답변을 카세트테이프에 녹음한다.

그리고 '나'는 이 편지를 '캥거루 통신'이라고 부른다.

그리고 〈캥거루 날씨〉(《4월의 어느 맑은 아침에 100퍼센트의 여자를 만나는 것에 대하여》에 수록)라는 작품도 있다. 주인공 '나'와 '여자친구'는 신문의 지방판을 보고 아기 캥거루가 태어났다는 소식을 알게 된다. 그리고 어느 날 아침 6시에 눈을 떠 캥거루를 보기 좋은 날씨인지 확인한 후 동물원으로 향한다. 이렇게 같은 동물이 몇 번이나 반복해서 등장하는 것도 하루키의 대표적인 창작 기법이다.

세계 각지에서 신성한 동물로 여겨지는 코끼리도 자주 등장한다. 하루키 작품에는 '코끼리 공장'과 '사라진 코끼리'라는 단어가 등장한다.

코끼리는 지혜, 인내, 충성, 행운, 지위, 강함, 거대함을 상징하는 경우가 많아서 미스터리한 이야기에 교훈적인 깊이를 더해준다.

초기의 걸작이라고 알려진 〈코끼리의 소멸〉(《빵가게 재습격》에 수록)은 어느 날 코끼리와 남자 사육사가 사라지는 단편소설이다. 제이 루빈이 번역한 이 소설의 영어판 〈The Elephant Vanishes〉가 1991년에 잡지 《뉴요커》에 실린 것이 계기가 되어 미국에서 하루키의 인기가 높아졌다.

폐쇄된 동물원의 코끼리를 마을이 맡아서 빈 깡통을 밟는 일을 맡기는 기묘한 이야기인 〈하이네켄 맥주 빈 깡통을 밟는 코끼리에 관한 단문〉이라는 짧은 소설도 있다. 이 작품은 〈코끼리의 소멸〉과 연결되는 실험적인 작품이다.

제목뿐만 아니라 등장인물의 대화나 비유적인 표현에도 동물이 자주 등장한다. 《댄스 댄스 댄스》에는 "고탄다 군은 한 시간 정도 후에 와달라고 운전사에게 말했다. 메르세데스는 말을 잘 듣는 거대한 물고기처럼 소리도 없이 밤의 어둠 속으로 사라졌다"라는 문장이 나온다. 그리고《국경의 남쪽, 태양의 서쪽》에는 "검독수리는 예술과 내일을 먹는 거지?"와 같은 대사도 나온다.

장편《태엽 감는 새 연대기》에도 새가 나온다. 하루키 작품에는 '태엽을 감는다'는 말이 자주 나오는데 태엽 감는 새는 실재하는 새로 "어떤 모습을 하고 있는지는 나도 몰라. 나도 실제로 그 모습을 본 적은 없으니까. 목소리밖에 들은 적이 없어. 태엽 감는 새는 저기 근처 나뭇가지에서 조금씩 세상의 태엽을 감아. 끼이이익 하는 소리를 내면서……" 세상의 태엽을 감고 있다.

이처럼 하루키 작품에는 기묘한 새가 종종 등장한다. 특히 많이 나오는 새는 까마귀, 독수리 등이다. 새라는 동물이 가진 '시간, 공간, 장수, 번영, 영혼'이라는 이미지를 최대한 이야기 속에 녹여내는 것이다.

단편 〈뾰족구이의 성쇠〉의 뾰족구이만 먹는 '뾰족구이 까마귀'와 《해변의 카프카》의 '까마귀라 불리는 소년'도 있고,《바람의 노래를 들어라》에는 "나는 검고 큰 새로 정글 위로 서쪽을 향해서 날고 있었다"라는 묘사가 나온다. 그리고《기사단장 죽이기》에 등장하는 다락방에 사는 '수리부엉이'도 있다. 인터뷰집《수리부엉이는 황혼에 날아오른다》의 제목에도 사용되었다.《세계의 끝과 하드보일드 원더랜드》에는 "새를 보면 내가 잘못되지 않았다는 사실을 알 수 있어"라는 중요한 대사가 나온다.

《4월의 어느 맑은 아침에 100퍼센트의 여자를 만나는 것에 대하여》에 수록된 〈논병아리〉라는 아주 짧은 단편도 있다. '논병아리'는 오리와 닮은 '논병아리목 논병아리과'로 분류되는 새다. 주인공인 '내'가 겨우 취직을 해서 첫 출근을 한 날, 문을 노크하자 안에서 남자가 나타나 암호가 필요하다고 말한다. 의미를 알 수 없는 대화가 매력적인 부조리 초단편소설이다. 여기서도 이솝우화처럼 깊은 의미를 감추고 있는 새(논병아리)라는 존재가 효과적으로 사용된다.

고대부터 동물은 신의 화신으로 숭배를 받아왔다. 동물이라는 상징이 가진 의미를 제대로 사용하면 이야기에 신화나 전설 같은 보편성을 부여할 수 있다.

《도쿄기담집》

: 이상하고 아름다운 상실의 세계

책 속에는 총 다섯 편의 단편이 들어있다. 다섯 가지의 이야기 속 인물들은 하나같이 무언가를 '잃었다'. 가령 〈하나레이 해변〉의 주인공인 피아니스트 사치는 남편도 없이 키운 하나뿐인 아들을 잃었고, 〈어디가 됐든 그것이 발견될 것 같은 장소에〉의 주인공 여자는 어느 날 남편이 사라졌다. 〈날마다 이동하는 콩팥 모양의 돌〉의 주인공 소설가 준페이는 과거 자신의 인생에서 의미 있는 두 번째 여자였던 연상의 여자 '기리에' 가 자신의 곁을 떠났던 일을 회상한다. 〈시나가와 원숭이〉의 화자는 일년 전부터 자신의 이름을 자꾸 까먹는다. 그리고 그들은 각자의 상실을 나름의 방법으로 감당하며 살아간다. 작가는 그런 인물들이 '상실'을 감당하는 방법들을 어떤 설명도 없이 묘사하고 있을 뿐이다.

〈하나레이 해변〉의 사치의 경우 '서핑을 하러 온다고 나간 아들이 상어에 물려 죽은 상황'을 '사치'는 도저히 받아들일 수가 없다. 겉으로는 그 죽음을 받아들인다고 하지만, 마음속으론 아들의 죽음을 받아들이지 못하는 것이다. 그러나 이야기의 말미에 계속해서 '마음속 깊은 곳'에선 '아들의 죽음'을 회피했던 사치는, 마음속의 어둠을 온전히 응시하는 방법으로 '죽음'을 받아들인다.

한편 〈어디가 됐든 그것이 발견될 것 같은 장소에〉의 남편은 어느 날 시어머니가 사는 맨션 24층과 26층 사이의 계단에서 흔적도 없이 사라지지만, 흥신소 탐정조차 남편을 찾지 못한다. '남편'의 행방은 결국 미스터리로 남고, 어떤 무마도 없이 이야기는 그렇게 끝나버린다.

〈시나가와 원숭이〉의 화자는 '이름 찾기'의 과정 자체가 '문제'를 해결하는 단초가 되는데, 여기선 '상실'이 문제의 원인이 아닌, '문제가 있다'는 것을 드러내는 징후가 되는 것이다. 〈시나가와 원숭이〉의 화자는 '이름'을 찾음과 동시에 '문제'가 있으면 피하기만 했던 과거의 자신을 반성한다. 이야기의 말미에 화자는 더 이상 '피하는' 인간이 아니라, '마주하는' 인간으로 한층 성장하는 것이다.

무라카미 하루키의 《도쿄기담집》은 장편 《해변의 카프카》와 중편 《애프터 다크》를 탈고한 뒤 경쾌한 호흡으로 단숨에 써 내려간 작품이라고 한다. 그 때문인지 각각의 단편들은 장편이나 중편과는 다르게 '무언가 날 것' 그대로의 느낌이 배어 있다. 특히 이야기 내내 '미스터리'로 남아 있는 사건들은 그대로 미스터리로 남아 있기도 하다. 사라진 남편은 결국 돌아오지 않았고(〈어디가 됐든 그것이 발견될 것 같은 장소에〉), 인생에 두 번째로 의미 있는 여자가 화자를 떠나간 이유 역시 끝까지 밝혀지지 않는다(〈날마다 이동하는 콩팥 모양의 돌〉). 마치 그런 '규명되지 않음'까지 삶의 일부분이라는 듯이 말이다.

그 때문인지 이 소설은 '가장 하루키다운 이야기'라는 평을 받고 있기도 하다. 일본 아마존에선 한때 종합베스트 1위에 올랐고,《하퍼스 매거진》,《더 뉴요커》등 유력 매체에 개재되어 일본을 넘어 영미 유럽에서도 뜨거운 반응을 얻었다. 특히《도쿄기담집》이 수록된 영어판 소설〈블라인드 윌로, 슬리핑 우먼〉은 '더월드리치스트 단편문학상'을 수상하기도 했다.

〈칼럼 무라카미 하루키의 비유 입문〉

: 문학편

무라카미 하루키의 비유 중에 특히 훌륭한 것이 바로 문학에 대한 비유다. 본 적도 없고 들은 적도 없는 표현으로 깔끔하게 말을 바꿔놓는 것이다. 자연스럽게 교양을 보여줄 수 있는 아름다운 비유는 꼭 한 번 사용해보면 좋을 것 같다.

《오즈의 마법사》에 나오는 녹슬고 기름이 떨어진 양철인간이 된 것 같았다.
– 《태엽 감는 새 연대기》 제2부 제12장

마치 《이상한 나라의 앨리스》에 나오는 체셔고양이처럼 그녀가 사라진 뒤에
도 그 웃음만은 남아 있었다.
– 《1973년의 핀볼》

사실 메이지 이전의 일본인이 그린 양 그림은 전부 엉터리다. 허버트 조지
웰스가 화성인에 대해 가지고 있던 지식과 비슷한 정도라고 해도 될 것이다.
– 《양을 쫓는 모험》 제6장

"재미있을 것 같은 직업이네요." "그렇지도 않아요." "어딘지 모르게 《모비
딕》과 비슷한 분위기가 나요." "모비딕?" 하고 나는 말했다.
"네. 무언가를 찾는다는 것은 재미있는 작업이에요."
– 《양을 쫓는 모험》 제7장

"예를 들면 코난 도일의 《잃어버린 세계》처럼 땅이 솟아오르거나, 아니면 푹 꺼진 거. 그렇지 않으면 외륜산처럼 주위가 높은 벽으로 둘러싸인 거."
— 《세계의 끝과 하드보일드 원더랜드》 제9장

비로부터 몸을 피할 수는 없다. 개들은 전부 엉덩이의 항문까지 흠뻑 젖어서 어떤 개는 발자크 소설에 나오는 수달처럼 보였고 어떤 개는 생각하는 승려처럼 보였다.
— 《1973년의 핀볼》

정신을 차려보니 해가 완전히 저물어 투르게네프 · 스탕달적인 어둠이 내 주위에 낮게 드리웠다.
— 《세계의 끝과 하드보일드 원더랜드》 제15장

J. G. 발라드의 소설에 나올 것 같은 호우가 한 달간 계속 내려도 그건 내 알바가 아니었다.
— 《세계의 끝과 하드보일드 원더랜드》 제31장

"그리고 어떤 형태로든 관련이 있을 것 같아."
"그건 디킨스 소설 같은 이야기네요" 하고 말하고 나는 웃었다.
— 《노르웨이의 숲》 제4장

벌써 4월이다. 4월의 시작. 트루먼 카포티의 문장처럼 섬세하고 변하기 쉽고 다치기 쉽고 아름다운 4월 초순의 날들.
— 《댄스 댄스 댄스》 제20장

⑭
갑자기 전화가 걸려온다

《태엽 감는 새 연대기》의 서두에서 주인공 오카다 도오루가 로시니의 '도둑 까치'를 들으며 스파게티를 삶고 있을 때 모르는 여자에게 전화가 걸려온다. 들어본 적이 있는 목소리였지만 도오루는 그 목소리의 주인공이 누구인지 도무지 생각나지 않는다. 전화를 건 여자는 도발적인 발언을 하기도 하고 깊은 의미가 있는 것 같은 말을 늘어놓기도 하지만 정체를 알 수 없다.

무라카미 하루키 작품에서 전화라는 커뮤니케이션 도구는 항상 중요한 역할을 한다. 그리고 언제나 갑자기 수수께끼의 인물로부터 전화가 걸려온다.

단편 〈여자 없는 남자들〉(《여자 없는 남자들》에 수록)에서는 한밤중인 1시가 넘어 누군가에게 전화가 걸려온다. 그리고 전 애인이 자살했다고 알려준다.

단편 〈헛간을 태우다〉를 원작으로 한 한국 영화 〈버닝〉에서도 영화 전체에서 전화가 중요한 역할을 한다. 주인공이 본가에 있으면 항상 수수께끼의 전화가 걸려온다.

《1973년의 핀볼》에서 묘사되는 한밤중 전화에 대한 주인공의 반응은 현재 주인공이 맞닥뜨린 민감한 사안에 대한 전화 건 상대방의 진심을 호소하는 심정이 그대로 전해지고 있다.

> 한밤중의 전화는 언제나 우울한 전화였다. 누군가가 수화기를 들고 작은 목소리로 얘기를 시작한다.
> "이제 그 얘기는 그만두자…… 아니라니까, 그런 게 아니고…… 하지만 어쩔 수 없잖아, 안 그래?…… 거짓말이 아니라구. 왜 거짓말을 하겠어?…… 아니, 그냥 피곤할 뿐이야…… 물론 미안하게 생각해…… 그러니까, …… 알았어, 알았으니까 조금 생각할 시간을 줘…… 전화로는 뭐라 얘기할 수가 없어…… ."

하루키 작품에서 전화는 프렌치 레스토랑의 '승부용 전채요리'라는 위치와 비슷하다.

《회전목마의 데드히트》에 수록된 〈구토 1979〉라는 단편에서도 전화가 효과적으로 사용된다.

오래된 레코드 수집가로 친구의 부인이나 애인과 자는 것을 좋아하는 젊은 일러스트레이터의 이야기다. 이 주인공은 구토가 1979년

6월 4일부터 7월 15일까지 40일간 이어지는데 그 사이에 매일 모르는 남자에게 전화가 걸려오는 이상한 체험을 한다.

하루키는 와세다 대학에 입학한 다음 해인 1969년에 학생잡지《와세다》에 1968년의 영화 작품을 분석한 〈문제는 하나. 커뮤니케이션이 없는 것이다〉라는 논문을 발표했다. 아마도 대학생이 되어서 처음으로 쓴 글이라고 생각된다. 여기서도 이미 '커뮤니케이션의 단절'에 대해서 쓰고 있다. 이 중요한 '디태치먼트(관계의 부재)'라는 테마는 초기 하루키 문학의 기반이 되었다.

《댄스 댄스 댄스》에서도 "선이 끊어져버린 전화기처럼 완벽한 침묵"이라는 문장이 등장해서 전화가 커뮤니케이션의 상징임을 보여준다.

이밖에도《신의 아이들은 모두 춤춘다》에 수록된 〈다리마가 있는 풍경〉에서는 귀에 헤드폰을 끼고 눈을 반쯤 감은 채, 열심히 전기 기타를 치고 있는 쥰코가 기타 연주에 열중하느라 전화 오는 소리도 못 듣고 있는 상황에서 여자친구 미야케의 속삭이는 소리가 두 사람의 깊숙한 관계를 확인시켜 준다.

《스푸트니크의 연인》에서는 그리스에서 새벽 2시에 느닷없이 걸려온 뮤의 전화를 통해 뮤와 이혼한 스미레에게 둘 사이의 관계가 그렇게 자연스럽게 끊어질 수 없는 관계임을 암시하고 있다.

이처럼 '전화'는 단순한 대화의 도구가 아니라 관계성을 가시

화하는 마법의 장치다. 영화나 드라마에서도 첫 장면에서 사용되는 경우가 많은 아주 유용한 무기라고 할 수 있다. 문장을 쓰다가 막힐 때는 전화벨을 울려보는 것도 좋은 방법이다.

《회전목마의 데드히트》

: 빙글빙글 돌아라, 생의 이야기들

이 책을 우린 무엇이라 말해야 할까? 하루키는 이 책에 대해, 지인들의 이야기를 그저 받아 적기만 한 책이라 밝혔다. 그러나 하루키가 받아 적은 지인들의 이야기는 현대 사회의 고독한 인간상을 대리하는 표상들이다. 그리고 소설가란 결국 구체적 현실을 통해 보편적 세계를 이야기하는 존재가 아니던가. 그렇다면 《회전목마의 데드히트》는 '소설'이자, '소설이 만들어지는 것을 보여주는 글쓰기'라고도 말할 수 있겠다.

언젠가 왕십리에서 야식집을 하는 친구는 내게 본인이 장사 중 겪었던 이야기를 들려줬던 적이 있다. 친구가 들려준 얘기는, 가게에 각종 조리용 소스와 고기를 유통하던 거래처 사장에 관한 얘기였다. 사건은 거래처 사장이 일방적으로 가격을 올려버린 것부터 시작되었다. 나는 잘 알지 못하지만, 그런 식의 일방적 행동은 그쪽에선 말도 안 되는 것이라고 친구는 말했다. 곧바로 친구는 전화를 걸어 "이런 식으로 하실 거면 다른 데를 알아보겠다"라고 으름장을 놓았다. 처음에는 소스 공장의 사장도 본인보다 스무 살은 어린 친구에게 같이 으름장을 놓았지만, 며칠 후에 바로 다시 전화가 왔다고 한다.

"미안합니다, 사장님. 다시는 안 그러겠습니다."

무슨 일이 생긴 건지는 친구도 알지 못했다. 한 번도 본인에게 존댓말을 하지 않던 사람이 선보인 깍듯함에 친구도 당황했지만, 친구는 이미 다른 거래처와 계약을 성사시킨 상태였다. 그리고 왕십리에서 그 유통업자는 갑자기 사라졌다고 한다. 이 이야기는 내가 친구에게 들은 이야기를 그대로 적은 것이다. 그러나 '그대로 적은 것'이라는 말조차 어쩌면 '픽션'의 일부일 수 있다는 것을 우린 이미 알고 있다.

"나는 그저 듣고 쓰기라는 형식을 이용해 이야기를 만들었을 뿐이다." 우리는 무엇을 소설이라 호명하는가? 하루키는 이 작품에 수록된 단편들이 '소설'이라고 호명되는 것에 대해 약간의 저항감이 있다고 밝힌다. 그러나 작품이 세상으로 나온 이상 글에 대한 호명은 더 이상 '작가'의 몫만은 아니다. 물론 그것을 하루키는 모르지 않는다. 때문에 그는 이러한 애매한 태도를 취하기도 한다.

> "내가 여기 수록한 문장을 '스케치'라고 부른 건 이것이 소설도 논픽션도 아니기 때문이다. '재료'는 어디까지나 '사실'이며, '형식'은 어디까지나 '소설'이다. 만약 각각의 이야기 속에 뭔가 기묘한 점이나 부자연스런 점이 있다고 한다면, 그건 사실이기 때문이다. 다 읽는 데 그다지 인내가 필요하지 않았다고 한다면, 그건 소설이기 때문이다." (글머리에)

어쩌면 이것이 정직한 태도일 수 있다. 그저 들은 것을 적었다고 말하는 아홉 편의 단편은 소설일 수도 있고, 소설이 아닐 수도 있다. 그러나 그런 이야기들은 그 자체로 '소설이란 무엇인가?'라는 '메타 소설'의 층위로 우리를 안내하고, 흥미로운 고민거리를 안겨준다. 가령 '직접 체험하지 않는 글은 쓰지 않는다'는 아니 에르노의 글을 우리는 곧잘 '소설'이라 호명하지 않는가? 제발트의 글을 우린 '소설'이라 호명할 수 있는가? 이 지점은 그 자체로 '소설'이란 기표의 기의를 확장시켜주는 흥미로운 상황들이다.

그러나 그런 복잡한 문제들에 흥미를 갖지 않아도《회전목마의 데드히트》의 텍스트들은 그 자체로 재밌다. 사실 '듣고 썼다'라고 고백하는 작가의 말에 너무 관심을 기울이지 않는다면, 아홉 편의 단편들은 그 자체로도 독자를 '텍스트'의 세계로 초대하는 힘이 있다. 이것들은 '소설'로 불려도 충분하지만, 아홉 편의 독자적 세계 앞에서 그건 별로 중요한 문제가 아닐 수도 있다. 결국 '무엇이 소설인가?'보다 중요한 것은, '무엇이 좋은 글쓰기인가?'이니까 말이다.

100퍼센트의 ○○라고 말해본다

'100퍼센트'라는 말은 굉장히 강력하다.

90퍼센트도 70퍼센트도 아닌 '100퍼센트'라는 것에 의미가 있는 것이다. '100퍼센트 유기농 면', '100명에게 물었다', '100주년' '만족도 100퍼센트' 등 사람들의 눈을 끄는 말로 습관적으로 사용되는 경우가 많다.

한자 백百은 수를 의미할 뿐만 아니라 '굉장히 많다'는 것을 의미하기도 한다. 백과사전百科事典, 일당백 當百, 백수百獸의 왕 등에서도 '백'을 사용하고 있다. 즉 백은 숫자 100이기도 하지만 '무한의' 또는 '완벽한'과 같은 의미를 자연스럽게 전달하는 마법의 말이다.

단편 〈4월의 어느 맑은 아침에 100퍼센트의 여자를 만나는 것에 대하여〉(《4월의 어느 맑은 아침에 100퍼센트의 여자를 만나는 것에 대하여》에 수록)는 말 그대로 '4월'의 어느 맑은 날 아침에 하라주쿠의 뒷길에서 '내'가 100퍼센트의 여자와 스쳐 지나가는 소소한 일상의 한 장면을 그린 이야기다. 이 '100퍼센트의 여자'라는 표현이 아주 얄미울 정도로 훌륭하다. 여기서 사용한 '100퍼센트'는 '무한의'라는 뜻이라기보다는 '완벽한'을 나타낸다.

만약 이 제목이 '봄의 어느 맑은 아침에 완벽한 여자를 만나는 것에 대하여'였다면 내용은 같아도 인상이 흐릿해져 버린다. 역시 '100퍼센트'가 아니면 안 된다.

참고로《노르웨이의 숲》이 나왔을 때 '100퍼센트의 연애소설'이라는 문구가 빨간색과 초록색의 표지 띠지에 크게 써져 있었는데, 이것은 하루키가 직접 쓴 것이다.

대만에서는《노르웨이의 숲》이 크게 히트한 후에 '노르웨이의 숲 호텔', '노르웨이의 숲 카페', '노르웨이의 숲 아파트' 등이 등장했다. 이와 마찬가지로《4월의 어느 맑은 아침에 100퍼센트의 여자를 만나는 것에 대하여》가 번역되자 '100퍼센트의 여자'가 유행하면서 '100퍼센트의 ○○'라는 말이 사회현상이 되기도 했다.

100퍼센트의 남자를 만나는 것, 100퍼센트의 고양이를 만나는 것, 100퍼센트의 행복을 만나는 것, 100퍼센트의 애정을 만나는 것, 100퍼센트의 신입생을 만나는 것, 100퍼센트의 좋은 집주인을 만나는 것, 100퍼센트의 의사를 만나는 것, 100퍼센트의 교실을 만나는 것…….

거짓말 같겠지만 일본보다 더 '100퍼센트의 ○○'가 마음에 확와 닮은 모양이다. '배추白菜'의 발음이 '많은 재산百財'이라는 의미의 단어와 비슷하다는 이유로 배추를 사랑하는 나라인 만큼 아주 흥미로운 이야기였다.

《노르웨이의 숲》
: 그 시대를 잊지 마

한국에선 《상실의 시대》로도 잘 알려진 무라카미 하루키의 《노르웨이의 숲》은 1987년 발간해 430만 부라는 경이로운 판매를 기록했다. 한국에선 처음 번역된 하루키의 작품이자, '무라카미 하루키'라는 이름을 알린 소설이기도 하다. (2009년 한국인이 가장 좋아하는 일본 소설은 무라카미 하루키의 《노르웨이의 숲》이었다.-대한출판문화협회 조사)

흔히 야한 소설이라거나, 연애소설로 많이 일컬어지지만, 이 작품은 일반적인 연애소설의 삼각관계에서 그려지는 애정과 질투, 사랑의 결실 등의 서사와는 주안점이 다르다. 물론 와타나베-기즈키-나오코 간의 삼각관계와 이후 와타나베-나오코-미도리 간의 삼각관계는 언뜻 봐서는 연애소설의 구도를 연상케 하지만, 그들은 서로 질투를 하거나 경쟁하지 않는다. 기즈키와 나오코, 와타나베와 나오코, 와타나베와 미도리 간의 관계는 서로 얽히지 않는다. 각각의 세계가 고립되어 있고, 평행을 이루고 있다고 말해도 좋을 것이다.

37세 와타나베 도오루는 독일 출장을 가는 길에 비틀스의 노래 '노르웨이의 숲'—원제는 'Norwegian Wood'인데, 일본에서는 '노르웨이의 숲'으로 번역된다. 비틀스의 실제 가사 내용을 보면 'Wood'는 '숲'이라 기보단, '가구'의 의미에 가깝다—을 듣다가 혼란스러웠던 19세를 회상하기 시작한다. 그때 주인공의 곁에는 기즈키와 나오코라는 친구가 있었다. 기즈키는 나오코의 애인이었지만, 그는 스무 살이 되기 전 갑작스럽게 자살한다. 이 일로 '나'와 '나오코'는 각자의 삶에서 '기즈키'를 잊기 위해 노력하고, 주인공은 도쿄의 대학에 입학한다. 도쿄의 대학 입학 후 와타나베는 우연히 '나오코'를 만나고 둘은 사랑에 빠지지만, 나오코는 와타나베의 곁에서 갑자기 사라진다. 나오코가 갑자기 없어지고, '나'는 남자 선배와 같이 다니며 여자들과 의미 없는 육체관계를 가지며 생활하던 중, 요양원에서 생활하고 있는 '나오코'를 발견한다. 와타나베는 도쿄의 대학을 다니는 도중에도 지속적으로 요양원에 있는 '나오코'를 찾아가지만, 그 시기 대학에서 후배인 미도리를 만난다. 그리고 어느 날 '나오코'는 '와타나베'에게 본인을 잊지 말아 달라고 부탁한 후 자살한다.

《노르웨이의 숲》은 이제는 상실된 시대—일본의 1968~1969년 전공투 시대—속에 살았던 이들의 '사랑과 연애'를 그려내고 있지만, 기존의 하루키 작품처럼 이 작품 역시 등장인물들은 고립되어 있다. 그리고 그것이 '어쩔 수 없는 상황'인 것처럼 그려지고 있다. 그 어쩔 수 없는 상황 속에서 주인공들은 사랑의 결실을 보기보단, 자살하거나, 삭막한 현실로 돌아오거나, 어딘가로 사라진다. 모두 무언가를 상실하며 생의 앞으로 나가는 것이다. (혹은 생의 절벽에서 떨어지거나)

이 작품은《세계의 끝과 하드보일드 원더랜드》나 다른 하루키 단편들과 달리 어떤 방식으로도 초현실주의적 뉘앙스가 소설 전반에 전혀 등장하지 않는 리얼리즘 소설이기도 하다. 하루키는 다시는 이런 스타일의 리얼리즘 소설을 쓰지 않을 것이라고 말했지만, 역설적으로 한국에선 아직도 대중적으로 '하루키'를 대표하는 책 중 하나라고 볼 수 있겠다.

⑯
철학적인 말을 사용해 본다

첫 문장에는 역시 벼락을 맞은 것 같이 임팩트가 강한 말이 필요하다. 그래서 이때는 다음과 같은 작전이 효과적이다.

① 자극적이고 강한 단어를 배치한다.

② 독자에게 갑자기 수수께끼를 낸다.

③ 짧지만 임팩트가 있는 철학적인 말로 혼란스럽게 만든다.

일반적으로 순문학에서는 첫 문장을 심플하게 만드는 것이 아름답다고 말한다. 예를 들면 다음과 같다.

나는 고양이로소이다.-《나는 고양이로소이다》(나쓰메 소세키)

메로스는 격노했다.-《달려라 메로스》(다자이 오사무)

어느 날의 일입니다.─《거미줄》(아쿠타가와 류노스케)

산초어는 슬퍼했다.─《산초어》(이부세 마스지)

하지만 무라카미 하루키의 첫 문장은 이와는 정반대다. 꽤 에둘러서 표현하는데, 이것이 독특한 아름다움을 만들어낸다. 데뷔작《바람의 노래를 들어라》는 "완벽한 문장 같은 것은 존재하지 않아. 완벽한 절망이 존재하지 않는 것처럼"이라는 문장으로 시작한다. 이것은 아주 유명한 '첫 문장'이다.《1973년의 핀볼》역시 "알지 못하는 땅에 대한 이야기를 듣는 것을 병적으로 좋아했다"라는 고개를 갸웃거리게 되는 문장으로 시작한다.

이처럼 강력한 인상을 남기는 철학적인 문장은 첫 문장 이외에도 등장한다. 하루키는 이야기에서 '중요한 말'을 철학이나 문학에서 인용해서 자연스럽게 등장인물의 대화나 말에 녹여낸다.

《스푸트니크의 연인》에서 주인공 나는 스미레와의 운명적인 만남을 예견하면서 '인간의 실존'에 대해서 절망을 경험한 뒤에야 자신의 진실을 깨닫게 된다는 의미심장한 말을 한다. 또한《노르웨이의 숲》에서 레이코 씨가 와타나베에게 '현실적인 여자'의 본질에 대해 말하는 철학적인 부분도 인상적이다.

사람은 그 인생에서 한 번쯤은 황야로 들어가 건강하면서도 어느 정도는 지루하기까지 한 고독과 절망을 경험해야 한다. 자기는 오직 자기 자신에게만 의존하고 있다는 사실을 발견한 뒤에 자기 자신의 진실, 숨겨져 있는 능력을 깨달아야 한다.
-《스푸트니크의 연인》중에서

"왠지 모르겠지만 말이야, 여자란 건"하고 그가 말했다. "스무 살이나 스물한 살쯤 되면 갑자기 여러 가지 일을 구체적으로 생각하기 시작하는 거야. 몹시 현실적이 되어가지. 그렇게 되면 말이야, 지금까지 무척 사랑스럽다고 느껴지던 모습이 그저 그렇게 따분하게만 비치거든. 날 만나기만 하면 말이야, 대개 섹스를 한 다음이지만, 대학을 졸업하면 뭘 할 거냐고 묻는 거야."
-《노르웨이의 숲》중에서

또한《해변의 카프카》에서는 주인공 사에키 상에게 인생의 소중한 시간을 헛되지 않게 잘 간직하라고 충고하는 오시마 상의 진심 어린 격려는 어른의 충고란 어떤 것이어야 할지를 새삼 깨닫게 해준다.

"추억이란 당신의 몸을 안쪽에서부터 따뜻하게 해주는 것입니다. 그러나 그와 동시에 당신의 몸을 안쪽으로부터 심하게 갈기갈기 찢어놓는 것이기도 합니다."
"우리는 모두 여러 가지 소중한 것을 계속 잃고 있어." 전화벨이 그친 다음에 그는 말한다. "소중한 기회와 가능성, 돌이킬 수 없는 감정, 그것이 살아가는 하나의 의미지. 하지만 우리 머릿속에는, 아마 머릿속일 것이라고 생각하는데, 그런 것을 기억으로 남겨두기 위한 작은 방이 있어. 아마 이 도서관의 서가 같은 방일 거야. 그리고 우리는 자기 마음의 정확한 현주소를 알기 위해, 그 방을 위한 검색 카드를 계속 만들어나가지 않으면 안 되지."

《1973년의 핀볼》의 배전반의 장례식을 치르는 장면에서는 주인공이 추도의 말로 칸트의 《순수이성비판》의 한 문장을 인용한다. "철학의 의무는 (중략) 오해에 의해서 생긴 환상을 제거하는 데 있다"라고 말하고 배전반을 저수지에 버린다.

또한 오스트리아 빈 출신의 철학자 루트비히 비트겐슈타인의 영향도 받았다. 《1Q84》에서는 다마루의 대사에서 "일단 자아가 이 세계에 태어나면 윤리의 주체로 살 수밖에 없다"라는 말을 인용했다. 후에 하루키는 《1Q84》와 관련된 〈마이니치신문〉과의 인터뷰에서 비트겐슈타인의 후기 철학 중 '사적 언어'라는 개념의 영향을 받았다고 밝혔다.

또한 하루키는 스위스의 정신과 의사이자 심리학자인 융의 영향도 많이 받았다. 융학파 심리학자 가와이 하야오와도 친밀한 관계였고, 가와이와 함께 《하루키, 하야오를 만나러 가다》라는 대담집도 냈다. 《1Q84》에서는 종교단체 '선구'의 리더가 "그림자는 우리 인간이 긍정적인 존재인 것만큼 비뚤어진 존재다"라는 융의 말을 인용한다. 그리고 다마루가 살인을 하기 전에 융이 사색을 위해 스스로 돌을 쌓아 만든 '탑'의 입구에 새긴 "차가워도 차갑지 않아도 신은 이곳에 있다"라는 말을 인용하기도 한다.

좋아하는 작가의 문체를
똑같이 흉내내어 본다

무라카미 하루키는 좋아하는 작가의 글에서 문체를 배웠고 영향을 받은 사실도 숨기지 않는다. 29세 때 《바람의 노래를 들어라》로 제22회 군조신인문학상을 수상했을 때, 심사위원이었던 마루야 사이이치가 "무라카미 하루키 씨의 《바람의 노래를 들어라》는 현대 미국 소설의 영향을 강하게 받은 작품입니다. 커트 보니것이나 리처드 브라우티건과 같은 작풍에 대해서 굉장히 열심히 공부한 것 같습니다. 이건 정말 대단한 것으로 상당한 재능이 있지 않다면 이 정도로 제대로 배우기 어려울 것입니다"라고 평가한 것은 아주 유명한 일화다. 데뷔작 《바람의 노래를 들어라》는 짧은 장 구성 등 문장의 구성이 커트 보니것의 《제5도살장》과도 꽤 닮아 있다.

이 이외에도 《타이탄의 미녀》, 《고양이 요람》, 《챔피언들의 아침 식사》 등이 큰 영향을 끼쳤을 것으로 보인다. 하루키 자신도 "사랑은 사라져도 친절은 남는다고 말한 사람은 커트 보니것이었나"라고 《비 내리는 그리스에서 불볕천지 터키까지》에 쓰고 있다. 그리고 자신이 좋아하는 작가에게 받은 영향에 대해서 항상 굉장히 열정적으로 이야기한다. 이것이 굉장히 중요하다.

하루키는 에스프리가 진하게 느껴지는 명문장을 영화배우나 극작가의 대사나 작품 속 명장면에서 인용해 작품의 품격을 높이는 데 주요한 역할로 활용한다.

〈세상에서 가장 빠른 인디언〉이라는 영화에서 노인으로 분한 앤서니 홉킨스가 "꿈을 좇지 않는 인생이란 채소나 다름없다"라는 말을 했다.

－《채소의 기분, 바다표범의 키스》〈채소의 기분〉 중에서

영국의 테런스 래티건이라는 극작가가 〈바다는 깊고 푸르고〉라는 희곡을 썼다. 가스자살을 시도했다가 실패한 젊은 여성에게 아파트 관리인이 물었다. "왜 그런 짓을 했나요?" 대답은 이렇다. "앞에는 악마, 뒤에는 깊고 푸른 바다. 그런 절박한 상황에 몰리면 깊고 푸른 바다가 매혹적으로 보일 때가 있어요. 어젯밤 내가 그랬죠."

－〈악마와 깊고 푸른 바다 사이에서〉 중에서

뭐니 뭐니 해도 하루키 문장의 백미는 시인(T.S. 엘리엇)이나 소설가(체호프)의 빛나는 명문이나 철학자의 시대를 통찰하는 철학명언으로 작가가 말하고자 하는 시대정신을 확고히 하는 데 있다.《해변의 카프카》에서는 T.S. 엘리엇의 '공허한 인간들'에 대한 개념을 도입해 타인에게 억지로 강요하려는 상상력이 결여된 인간에 대해 일침을 가한다. 또한 체호프가 말하는 희곡작법으로서의 '필연성' 개념을 인용해 '역할로서의 필요가 존재해야 하는 이유'에 대해 설명한다. 또한 〈오이디푸스〉의 명대사를 인용해 앞으로 자신이 본의 아니게 아버지를 죽일 수밖에 없는 상황에 몰리게 됨을 암시하기도 한다.

"다만 내가 그것보다 더 짜증이 나는 것은, 상상력이 결여된 인간들 때문이야. T.S.엘리엇이 말하는, '공허한 인간들'이지. 상상력이 결여된 부분을, 공허한 부분을, 무감각한 지푸라기로 메운 주제에 그것을 깨닫지 못하고 바깥을 돌아다니는 인간이지. 그리고 그 무감각을, 공허한 말을 늘어놓으면서, 타인에게 억지로 강요하려는 인간들이지. 즉 쉽게 말하자면, 조금 전 도서관의 실태를 조사하러 온 두 여성 같은 인간들이라구."

"체호프가 말하고 싶은 것은 이런 것일세. 필연성이라는 것은 자립적인 개념일세. 그것은 논리나 모럴이나 의미성과는 다르게 구성된 것일세. 어디까지나 역할로서의 기능이 집약된 것이지. 역할로서 필연이 아닌 것은 거기에 존재해서는 안 되지만, 반면 역할로서 필연인 것은 거기에 있어야 하네. 그것이 바로 연극의 대본을 만드는 방법, 좀 더 유식한 말로는 희곡작법이라고 하지. 논리나 도덕이나 의미는 그것 자체가 아니라 관련성 속에서 생겨나네. 체호프는 희곡작법이라는 것을 이해하고 있었던 거야."

나는 말한다. "너는 언젠가 그 손으로 아버지를 죽이고, 언젠가 어머니와 관계를 맺게 될 것이다"라고.

이밖에도 헤겔의 '자기의식自己意識' 개념을 끄집어내 인간이 어떻게 자신을 더 깊이 이해하게 되는지를 보여주고, 장 자크 루소의 '문명탄생론' 개념을 빌어 인류 문명이 어떻게 발생했는지를 이야기한다.

"헤겔은 '자기의식自己意識'이라는 걸 이렇게 규정했지. 인간은 단순히 자기와 객체를 따로따로 인식할 뿐만 아니라, 그 중간에서 자기와 객체를 연결해 객체에 자기를 비춤으로써, 행위적으로 자기를 더욱 깊이 있게 이해할 수 있다고 생각했어. 그게 자기의식이지."

"장 자크 루소는 인류가 울타리를 만들었을 때 문명이 태어났다

고 정의했지. 그야말로 예리한 관찰력이라고 할 수 있어. 그의 말
대로 모든 문명은 울타리로 구획된 부자유의 산물이야. 하지만
오스트레일리아 대륙의 아보리지니(오스트레일리아 원주민-역주)
만은 별개지. 그들은 울타리가 없는 문명을 17세기까지 유지하
고 있었거든. 그들은 나면서부터 자유인이었어."

'달리기'와 '소설'에 관한 에세이를 모은 회고록《달리기를 말할
때 내가 하고 싶은 이야기》(역주: 원서의 제목은《달리기를 말할 때 내가
이야기하는 것》)라는 작품이 있다.

집중력을 유지하기 위해서는 체력이 꼭 필요하다고 생각해서 '달
리기'를 선택한 하루키의 고독한 싸움이 그려지는데, 이 제목은 하
루키가 굉장히 좋아해서 번역도 한 레이먼드 카버의 단편집《사랑
을 말할 때 우리가 이야기하는 것》에 대한 오마주다. '~를 말할 때'
라는 말로 주제를 확실히 하고 '~가 이야기하는 것'이라는 말을 붙
여서 '누구의 의견이 쓰여 있는지'를 명확하게 전달한다.

굉장히 좋아하고 존경하는 작가의 문체를 확실하게 모방하거
나 오마주하는 것으로 작가는 같은 독자로부터 사랑받게 된다.

또한 좋아하는 작가에 대해 열정적으로 말하는 문장은 좋아하
는 마음이 전해져서 읽고 있으면 기분이 좋아진다.

《바람의 노래를 들어라》

: 상실의 헤테로토피아

1979년에 일본에서 출간된《바람의 노래를 들어라》는, 지금은 세계
적인 작가가 된 무라카미 하루키의 등단작이다. 그는 이 중편소설로 제
22회 군조신인상을 받았고, 갑자기 소설가의 삶으로 들어섰다고 한다.
《1973년의 핀볼》,《양을 쫓는 모험》과 함께 하루키 쥐 3부작으로 불리
는 이 작품 속 '나'는 어떤 상실의 슬픔을 말하고 있다. 다만 그 슬픔을
'슬픔'으로 나타내지 않고, '옛날엔 그랬지만, 지금은 그렇지 않다'라
는 담담한 과거 회상으로서 '드러낼' 뿐이다. '나'가 잃은 것은 무엇일
까? 이야기적으로 보면 과거의 인연들, 즉 '왼쪽 손가락이 없는 여자'
와 '쥐'이다.

옛날엔 그런 '나'가 있었다. 스물아홉 살의 '나'는 생각한다. 그러나
지금은 그런 '나'도, 그런 '나'의 주위에 있던 사람들도 없다. 무라카미
하루키의 등단작《바람의 노래를 들어라》속 주인공 '나'의 현재 시점은
29세다. 그는 본인의 스무 살 한때였던 1970년 8월 8일부터 26일까지
의 기간을 회상한다. 그 시간은 도쿄에 있는 대학에서 1학년 1학기가
끝나고, 여름방학 중 고향으로 내려와 있던 시기였다. 그때 '나'는 '쥐'
를 만나 온종일 맥주를 마셨다. '왼쪽 새끼손가락이 없는 여자'를 만나,

그녀와 산책을 하고 밥을 먹고 잠을 자기도 했다. 그러나 29세가 된 지금 '나'의 옆에는, 왼쪽 손가락이 없는 여자도, 부자이면서 부자를 욕하던 '나'의 친구 '쥐'도 없다.

'나'와 '쥐'와 '왼쪽 손가락이 없는 여자'는 모두 보완적인 존재다. '나'는 쿨하고, 개인적이며, 자신과 타인의 내면에 일반론 이상으로 관심이 없다. '쥐'는 부자이면서 부자를 싫어하는 현실 비판적인 인물이다. '쥐'가 부자를 싫어하는 이유는 근본적으로 부당한 방법으로 부자가 된 '아버지' 때문이다. '왼쪽 손가락이 없는 여자'는 외면적으로도 결핍을 안고 있는 존재면서, 내면적으로도 '타인을 좋아할 수 없는' 결핍을 앓는 존재다. 이야기의 말미, 여자는 배 속의 아이를 잃는다. 이 셋은 각자의 인간이지만, 동시에 '한 인간'을 구성하는 세 가지 요소를 상징한다. '나'가 '현실'이라면, '쥐'는 이상이고, '왼쪽 손가락이 없는 여자'는 '상처'다.

더불어 스무 살의 '나'가 '쥐'와 '여자'를 만난 곳이 '나'의 고향이란 점도 주목해야 한다. 이는 '나'의 근원을 찾아 떠나는 여행이기도 하고, 한편으론 '레종 데트르', 즉 존재의 이유를 찾아 떠나는 여행이기도 하다. 스무 살의 '나'는 '존재의 이유' 같은 추상적인 문제에 대해 회의적이지만, 적어도 '나'의 근처에는 다른 의견을 가진 '쥐'가 존재했고, 다른 상처를 가진 '왼쪽 손가락이 없는 여자'가 존재했다. 어쩌면 그 공동체는 '나'에게 있어서만큼은 '헤테로토피아'＊ 정도는 됐을 수도 있다. 그리고 지금 29세의 '나'는 그러한 과거의 '헤테로토피아'를 잃었지만 회상하면서 작금의 현실을 담담하게 살아가는 것일 테다.

그래서 그런지 이 책의 문장들은 어딘가 현실적이면서, 현실적이지 않다. 나사가 하나 빠진 것 같은 현실을 그려내는 하루키의 첫 작품은 하나의 시작이었다. 그 현실에 찬성하는 이도 있었고, 반대하는 이도 있었다. (한국과 일본 모두 마찬가지였다) 아마 이제 그런 것은 별로 중요한 문제는 아니게 되었다.

★ "아마도 모든 문화와 문명에는 사회 제도 그 자체 안에 디자인되어 있는, 현실적인 장소, 실질적인 장소이면서 일종의 반反배치이자 실제로 현실화된 유토피아인 장소들이 있다. [중략] 나는 그것을 유토피아에 맞서 헤테로토피아라고 부르고자 한다." 헤테로토피아, 미셸 푸코(이상길), 문학과지성사, 2014, 47쪽

미스터리한 숫자를 숨겨둔다

숫자에는 장대한 이야기가 숨겨져 있다.

0 _ 무(無), 모든 것의 시작, 무한, 세계의 원점

1 _ 무언가가 시작됨, 지성, 실재, 시작의 숫자

2 _ 상반되는 두 개의 일이 존재하는 이원론을 암시

3 _ 삼위일체, 신비적, 낙관적, 긍정적인 마법의 숫자

옛날부터 일본에서는 '죽음死'과 발음이 같은 '4'와 '고통苦'과 발음이 같은 '9' 등이 불길한 숫자로 여겨졌다. 호텔이나 료칸 등의 방이나 주차장 번호 등에는 4와 9를 사용하지 않기도 한다. 기독교 문화권의 '13(13일의 금요일)'과 '666(악마의 숫자)'도 마찬가지로 불길하게 여겨진다. 이처럼 우리는 숫자에서 자연스럽게 불가사의한 느

낌을 받는다. 무라카미 하루키는 이런 숫자의 힘을 적극적으로 작품에서 활용한다.

예를 들면 《양을 쫓는 모험》에 등장하는 가공의 거리 '주니타키초十二滝町'가 있다.

삿포로에서 북쪽으로 260킬로 떨어진 곳으로 일본 제3위의 적자 노선이고 12개의 폭포가 있다는 묘사를 통해 아사히카와 북쪽에 있는 비후카초美深町의 니우푸仁宇布 지구가 모델이라고 추측해볼 수 있다.

사실 이 '12'라는 숫자는 신비의 숫자다.

1년은 12달, 1일은 24시간으로 12가 바탕이 된다. 별자리도 12종류고, 십이지신도 쥐, 소, 호랑이, 토끼, 용, 뱀, 말, 양, 원숭이, 닭, 개, 돼지로 12종류다. 신약성서에는 예수의 12명의 제자가 등장하고, 그리스 신화에서는 올림푸스 산 정상에 12신이 산다고 한다. 불교에서도 십이연기는 붓다가 말하는 괴로움의 근원이 되는 숫자. 음악의 세계에서 건반악기에는 12평균율을 세계적으로 사용하고 있다.

즉 '12'라는 숫자가 굉장히 신성하고 아름다운 숫자임은 분명하다. 이런 12라는 숫자를 거리의 이름으로 의도적으로 사용한 것이다.

《색채가 없는 다자키 쓰쿠루와 그가 순례를 떠난 해》에서도 12라는 숫자가 반복적으로 나온다. 핀란드에 도착한 다자키 쓰쿠루에게 현지의 여자가 비행기 안에서 어떤 영화를 봤느냐고 묻는 장면에서 쓰쿠루는 〈다이 하드 12〉라고 대답하고, 쓰쿠루가 여자친구인 사라에게 전화를 거는 장면에서는 "신호음이 열두 번 울리고 사라가 전화를 받았다"라는 묘사가 나오고, 쓰쿠루에게 사라가 다시 전화를 하는 장면에서도 "수화기를 들어야 할지 말아야 할지 전화벨이 열두 번 울리는 사이에 쓰쿠루는 계속 망설였다"라는 묘사가 나온다.

또한 《색채가 없는 다자키 쓰쿠루와 그가 순례를 떠난 해》에서는 세상에 낯설게 태어난 천재들의 손가락은 여섯 개라는 의미를 통해 여섯 번째 손가락에 대한 인류발생론적 주장을 제기하고 있다.

"예, 정말 수수께끼죠. 그 일 때문에 흥미가 생겨서 여섯 번째 손가락에 대해 조사를 해봤습니다. 그런 걸 다지증이라고 하는데, 유명 인사 가운데서도 꽤 있다고 합니다. 진위는 알 수 없지만 도요토미 히데요시의 엄지손가락이 두 개였다는 증언이 있죠. 그 외에도 많은 예가 있어요. 유명한 피아니스트도 있고, 작가나 화가나 야구선수 가운데도 있어요. 소설 속 인물로는 〈양들의 침묵〉에 나오는 렉터 박사가 다지증입니다. 여섯 번째 손가락은 결코 특이한 경우도 아닌데, 사실 이게 우성 유전이라고 합니다. 인종에 따라 차이는 있지만 전 세계적으로 거의 500명 가운데 한 사람이 여섯 번째 손가락을 가지고 태어난다고 해요."

《1973년의 핀볼》에는 쌍둥이를 구별하는 방법으로 208번 쌍둥이와 209번 쌍둥이를 비교하는 방식이 언급돼 있다. 그것은 그녀들이 입고 있는 완전히 색이 바랜 네이비 블루 셔츠에 새겨진 숫자의 위치로 두 사람을 구분하는 것이다. 즉 208이나 209 숫자 중 2자는 오른쪽 젖꼭지 위에, 그리고 '8'이나 '9'는 왼쪽 젖꼭지 위에 있다. 그래서 셔츠의 왼쪽 위치에 있는 8이나 9로 쌍둥이를 구분하는 것이다.

또한《채소의 기분, 바다표범의 키스》의 〈준 문 송〉이라는 단편소설에는 준(6월)의 의미와 튠(곡)이라는 의미를 대비시켜 작품 속 주인공이 음악을 좋아하는 소녀임을 연상케 한다.

6월이면 버튼 레인이 만든 '하우 어바웃 유'라는 곡이 생각난다.
"나는 뉴욕의 준(6월)을 아주 좋아해. 너는 어때? 거슈윈의 튠(곡)도 아주 좋아해. 너는 어때?"
여기서 '준'과 '튠'이 라임을 만든다. 이것도 뭐 상당히 단순하다.
어쩌면 요코 씨한테 혼날지도 모른다. 하지만 아주 상큼하고 귀여운 노래다. 해마다 6월이 되면 프랭크 시나트라가 경쾌하게 부르는 이 노래가 듣고 싶어진다.

문장을 쓸 때 숫자가 가진 의미와 스토리를 활용하는 것도 중요한 작업 중 하나다.

《애프터 다크》
: 나와 너와 우리

    시기적으론 이전《해변의 카프카》와《1Q84》사이에 쓰인 이 작품은 하루키의 기존 창작 기법과는 다른 점이 몇 있다. 일단 하루키의 기존 장편이 최소 며칠간의 이야기이고, 길게는 몇십 년을 건너뛰는 이야기였던 반면,《애프터 다크》는 하루가 채 안 되는 7시간의 이야기다. 각각의 장을 시작할 때 맨 첫머리에 아날로그 시계로 시간을 표시해 그 시간에 일어난 일임을 밝히고 있다.

    더불어 소설에서 주인공이나 관찰자로 등장하던 '나'가 사라지고 3인칭으로 서술된 소설이지만, '나' 대신 관찰자로 '우리'가 등장한다. 시점적으로 특이한 면인데, 혹자는 이를 '전무후무한 1인칭 복수 관찰자 시점'이라고 말한다. 단순히 '명칭'만 우리가 아니라, '우리'라는 복수 관찰자로서 자의식을 가진 것처럼 묘사되며, 이야기 내내 마리와 에리의 행동을 지켜본다. 에리의 장면과 마리의 장면은 '우리'라는 1인칭 복수 화자를 통해 교차한다. 마치 카메라가 풍경 샷이나 근접 샷을 찍는 것처럼 어떨 때는 '마리의 상황'을 풍경처럼 묘사하기도 하고, '에리'의 행동을 바짝 쫓아가기도 한다. 그러나 카메라가 말이 없는 것처럼 '우리'라는 1인칭 복수 관찰자는 에리와 마리가 속해 있는 밤의 이미지를 묘사할 뿐 설명하지 않는다.

　어떤 이유에선지 아사이 에리는 집에 들어가기 싫다. 그녀에게는 눈에 띄게 예쁜 언니 아사이 마리가 있고, 어떤 이유에선지 마리는 2개월 넘게 깊은 잠에 빠져 있다. "잠을 좀 자야겠어"라는 말을 남기고 언니 에리는 깨워도 깨지 않는 깊은 잠에 빠졌다. 에리는 예쁜 언니에 대한 반대급부로 여성스러움을 거부하면서도 언니를 동경하는 19살 대학생이다. 지금 시간은 오후 11시 56분. 이 이야기는 에리가 집이 아닌 밖에 있는 11시 56분부터 다음 날 아침 6시 52분까지 벌어지는 7시간 동안의 일이다.

　'나'라는 시점 없이 '에리'와 '마리'의 장면이 '1인칭 우리'를 통해 교차한다는 것은 좀 더 들여다볼 지점이다. 《애프터 다크》의 인물들은 하루키의 기존 소설들과 같이 '고독' 속에 갇혀 있고, 기본적으로 외따로 존재한다. 그러한 분위기를 상징하듯 '에리'가 활동하는 7시간의 무대는 '밤'이다. 만약 '우리'라는 시선 없이 '에리'의 시선과 '마리'의 시선이 장을 나눠가며 이야기가 진행되었다면, 이는 평행한 관점을 통해 각각의 인물들을 그려내는 하루키 특유의 '개인주의'와 동일선상의 이야기였을 것이다. 그러나 이야기는 '에리'와 '마리'의 시선 바깥에 '우리'라는 관찰자를 둔다. '에리'와 '마리'가 서로에게 타인이라면, 그들을 바라보는 '우리'란 '사회'라고 볼 수 있다. 개인과 개인을 넘어 하루키는 '사회'의 상징으로 '1인칭 우리'를 등장시키고 있는 것이다. (실제로 이후 하

루키의 행보는 '개인주의'를 넘어서는 면모를 보인다)

그럼에도 불구하고 이 소설의 주요 인물은 여전히 '우리'라는 상징화된 사회가 아니라, 마리와 에리 및 여타 다른 인물들이다. 각각의 인물들은 각각의 상처와 어둠을 가지고 밤의 무대에서 살아간다. 다만 외따로 존재하는 섬 같은 공간 속에서 '어둠'이란 극복해야 할 대상이기도 하지만, '누구에게나 있는' 공통점이기도 하다. 그 이유로 에리와 마리의 무대인 '밤'은 나와 네가 연결될 수 있는 가능성의 무대이기도 하며, 이 소설의 제목이 '애프터 다크' 즉 '어둠 이후'인 이유이기도 하다. 물론 하루키는 늘 그렇듯 어둠이 물러가고 '나와 너'가 손을 잡을 것이란 말까진 하지 않는다. '우리는 손을 잡을 수도 있다' 그 가능성이 있을 뿐이다.

⑲
구체적인 숫자를 사용한다

숫자는 마법이다. 무라카미 하루키는 하여간 숫자에 집착한다.

천 단위, 백 단위가 아니라 한 자리 숫자까지 세세하게 미스터리한 숫자를 만들어둔다. 숫자를 아주 세세하게 쓰면 정보가 더 현실적으로 느껴진다.

'비타민C가 많이 들어 있다'보다는 '레몬 48개만큼의 비타민C가 들어 있다'라고 쓰는 편이 더 현실적으로 느껴진다.

또 '하루에 500개나 팔려요!'라고 쓰는 것보다 '3초에 1개씩 팔려요!'라고 쓰는 것이 왠지 모르게 더 와닿는다. 숫자를 크게 보이게 하려고 반올림하거나 보기 좋게 작은 단위의 숫자를 생략해버리는 일이 많지만 한 자리 숫자까지 써주면 신뢰성이 높아진다.

데뷔작《바람의 노래를 들어라》에는 숫자가 아주 자세하게 나온다.

"그녀의 죽음을 알게 되었을 때 나는 6922번째 담배를 피우고 있었다"부터 시작해서 주인공의 여자친구는 '세 번째로 잔 여자'라 불리며 이름도 나오지 않는다. 그리고 "당시의 기록에 따르면 1969년 8월 15일부터 다음 해 4월 3일까지 나는 358회의 강의에 출석했고 54번의 섹스를 했으며 6921개비의 담배를 피웠다"라는 묘사가 나온다.

여기서는 주인공과 여자친구의 관계가 전부 숫자로 표현된다.

그리고 여름 동안 '나'는 친구인 '쥐'와 마치 무언가에 홀린 듯이 맥주를 계속 마신다. 그 양이 엄청나다.

> 그 여름 내내 나와 쥐는 마치 무언가에 홀린 듯이 25미터의 수영장을 가득 채울 만큼 맥주를 마셨고, 제이스 바의 바닥에 5센티미터는 가득 쌓일 만큼 땅콩 껍질을 버렸다. 그때는 그렇게라도 하지 않으면 살아남기 어려울 정도로 지겨운 여름이었다.

25미터 길이의 수영장을 가득 채울 만큼의 맥주란 도대체 어느 정도일까? 문장 안에 세세한 숫자를 넣으면 그것이 거짓일지라도 문장 전체의 리얼리티와 설득력이 높아진다. 어이가 없을 정도로 더 잘게 묘사할수록 더 매력적으로 느껴지는 것이 참 신기하다.

《4월의 어느 맑은 아침에 100퍼센트의 여자를 만나는 것에 대하여》에 수록된 단편 〈몰락한 왕국〉에는 이런 표현이 나온다.

"Q 씨는 나와 같은 나이로 나보다 570배 더 잘생겼다". 이 문장에도 역시 숫자가 들어가기 때문에 더 인상에 강하게 남는다.

주인공인 '나'보다 570배 잘생긴 인기남 Q 씨는《노르웨이의 숲》에 등장하는 나가사와도 겹쳐 보인다. '나'는 아카사카 근처의 호텔 풀사이드에서 우연히 옆에 앉아 있는 대학 시절의 친구 Q 씨를 보게 된다. Q 씨는 같이 온 여자에게 종이컵에 담긴 콜라 세례를 받았다.

이렇게 의미를 정확히 알 수 없어도 구체적인 숫자를 쓰는 것은 굉장히 효과적인 연출이다. 상상의 이야기에 리얼리티를 부여하는 가장 적절한 기법이기 때문이다. 이것은 하루키 팬이라고 공언하는 신카이 마코토 감독의 소설《초속 5센티미터》에도 그대로 드러난다.

나이를 구체적으로 **표시한다**

무라카미 하루키의 작품을 읽으면 등장인물의 나이 설정이 굉장히 세세하게 되어 있다는 사실을 알 수 있다. 독자가 주인공에게 쉽게 공감할 수 있도록 일부러 나이를 구체적으로 기술하는 경우가 많다.

그런데 그것을 넘어 아예 제목에 나이를 넣는 경우도 있다.

예를 들어《4월의 어느 맑은 아침에 100퍼센트의 여자를 만나는 것에 대하여》에 수록된 〈서른두 살의 데이 트리퍼〉라는 단편소설이 있다. '데이 트리퍼Day Tripper'는 비틀스의 11번째 앨범 '예스터데이 앤드 투데이Yesterday And Today'에 수록된 곡이다. 32세의 나와 18세의 '해마'처럼 귀여운 그녀의 시시한 대화가 그려지는 작품이다. 이것도 32세의 나와 18세의 그녀라고 나이를 특정하여 왠지 모르게 더 생생한 연애로 느껴진다.

매력적인 문장으로 만들기 위해서는 '숫자'와 '고유명사'를 사용하는 것이 아주 효과적이다.

32세와 18세라는 나이도 금단의 사랑이라는 남성의 꿈이 절묘하게 표현된 것이다. 만약 32세의 나와 30세의 '해마'를 닮은 그녀 사이의 시시한 대화라면 지극히 평범한 묘사가 되어버릴 것이다.

그녀가 18세라는 아슬아슬하게 법에 위반되지 않는 나이이기 때문에 더 매력적으로 느껴지는 것이다. 이 설정은 20세의 나와 18세의 그녀였어도 시시해질 것이다. 23세의 나와 18세의 그녀라도 너무 평범하다. 역시 32세의 나와 18세의 그녀라는 설정이 가슴을 두근거리게 만든다.

《노르웨이의 숲》에도 나이에 대한 표현이 자주 나온다.

4월 중순에 나오코는 스무 살이 되었다. 나는 11월생이니까 나오코가 나보다 일곱 달 정도 빠르다. 나오코가 스무 살이라니, 참 이상한 기분이 들었다. 나나 나오코나 언제까지고 열여덟과 열아홉 사이를 왔다 갔다 하는 편이 맞을 것 같다는 생각이 들었다. 열여덟의 다음은 열아홉이고 열아홉 다음은 열여덟이라면 이해가 될 것이다. 하지만 나오코는 스무 살이 되었다. 그리고 가을에는 나도 스무 살이 된다. 죽은 자만이 영원히 열일곱이었다.

이 부분은 섬세한 나이 표현이 아주 훌륭하다.

《1973년의 핀볼》에서는 나와 나오코가 대학생이 되던 무렵의 풋풋한 한때가 그림처럼 표현되어 있다.

1969년 봄, 우리는 이처럼 스무 살이었다. 새 가죽 구두를 신고, 새 강의 요강을 품에 안고, 머리에 새 뇌수를 채워 넣은 신입생들 때문에 휴게실은 발 들여놓을 틈도 없었다. 우리 옆에서는 시종 누군가가 누군가와 부딪히고는 서로 투덜거리거나 서로 사과했다.

나이에는 '실제 연령', '육체 연령', '정신 연령'이라는 세 종류의 나이가 있다. 요동치는 심리를 묘사할 때 정교하게 각각의 나이에 맞는 말을 사용하여 차이를 만들어낸다면 아름다운 문장을 더 돋보이게 만들 수 있다.

〈칼럼 무라카미 하루키의 비유 입문〉

: 영화편

비유 표현에는 영화가 굉장히 많이 등장한다. 명작이나 서부극부터 장 뤽 고다르까지 무라카미 하루키의 취미가 반영된 것 같아서 영화에 비유하는 표현이 소설에 나오면 나도 모르게 미소를 짓게 된다.

비는 아주 조용히 내리고 있었다. 신문지를 잘게 찢어서 두꺼운 카펫 위에 뿌리는 정도의 소리밖에 나지 않았다. 끌로드 를르슈의 영화에서 자주 내리던 비다.
– 《1973년의 핀볼》

금속스크랩입니다. 〈007 골드핑거〉에 나왔던 거 같은 것이죠.
– 《1973년의 핀볼》

산울타리가 있고 잘 손질된 소나무가 있고 품격 있는 복도가 볼링 레인처럼 곧게 뻗어 있다. 하여간 이 정도의 건물이 예고편이 나오는 세 편의 동시 상영 영화처럼 언덕 위에 자리 잡고 있는 풍경은 조금 볼 만했다.
– 《양을 쫓는 모험》 제4장

"〈2001: 스페이스 오디세이〉처럼?" "어, 바로 그거"라고 내가 말했다.
– 《세계의 끝과 하드보일드 원더랜드》 제7장

〈스타워즈〉의 비밀기지 같은 우스꽝스러운 하이테크 호텔이 서 있었다.
—《댄스 댄스 댄스》 제6장

팔에는 금색 롤렉스 시계가 반짝거리고 있었다. 당연히 아동용 롤렉스 시계
는 아니었기 때문에 그것은 필요 이상으로 크게 보였다. 〈스타트렉〉 같은 영
화에 나오는 통신장치 같았다.
—《세계의 끝과 하드보일드 원더랜드》 제13장

〈제3의 사나이〉에 나오는 조셉 거튼처럼 가만히 보고 있었다.
—《세계의 끝과 하드보일드 원더랜드》 제39장

21

기묘한 음식(음식 먹는 방법)이 등장한다

'코카콜라를 부은 핫케이크'를 먹어본 적이 있는가. 이것은《바람
의 노래를 들어라》에 나오는 명물 메뉴다.

쥐가 좋아하는 음식은 갓 구워낸 핫케이크다. 쥐는 그것을 오목
한 접시에 겹겹이 쌓아 칼로 정확하게 사등분으로 자른 다음 그
위에 코카콜라 한 병을 붓는다. 그리고 쥐는 "이 음식의 뛰어난
점은……"하고 나에게 말했다. "먹을 것과 마실 것이 일체화되
었다는 점이야."

의외로 맛있다는 평가를 듣는 요리다. 이렇게 요리를 인상적으로
묘사하는 것도 무라카미 하루키의 중요한 연출법이다.
왠지 모르게 하루키 작품의 주인공들이 자주 만드는 스파게티는

상상하는 것만으로도 굉장히 맛있을 것 같다. 다 읽고 난 후에는 똑같이 만들어보고 싶어진다.

가장 유명한 요리는 '마침 집에 있던 재료로 만든 스파게티'다. 하루키가 학생 시절에 빈번하게 만들었다고 하는 간단한 요리다.《밸런타인데이의 무말랭이》를 보면 냉장고에 남아 있는 재료를 뭐든 다 삶은 스파게티면과 섞어버린다고 한다.

소설에서도 요리는 연출의 소도구로 사용된다.

《태엽 감는 새 연대기》는 주인공인 '내'가 스파게티를 삶고 있을 때 이상한 전화가 걸려오는 장면에서 시작된다. 스파게티가 앞으로 일어날 '혼란'을 예고하는 존재로 그려진다.《양을 쫓는 모험》의 '명란젓 스파게티'나《댄스 댄스 댄스》의 '결국 먹지 못한 햄 스파게티' 등 초기 작품에는 반드시 등장하는 요리다.

《4월의 어느 맑은 아침에 100퍼센트의 여자를 만나는 것에 대하여》에 수록된 단편〈스파게티의 해에〉는 거대한 알루미늄 냄비를 구해 봄, 여름, 가을 내내 스파게티를 삶는 1971년의 기록이다.

《해변의 카프카》에도 기묘한 표현이 나온다.

"오이처럼 쿨하게, 카프카처럼 미스터리하게". '쿨 애즈 어 큐컴버cool as a cucumber'는 '오이처럼 침착한'이라는 뜻을 가진 영어의 관용 표현이다. 이것을 일부러 직역해서 농담처럼 가지고 노는 표현이다.

참고로 오이를 김에 싸서 먹는 요리가《노르웨이의 숲》에 등장한다. 입원 중인 미도리의 아버지를 방문했을 때 '내'가 창작한 요리다.

나는 세면대에서 오이 세 개를 씻었다. 그리고 그릇에 간장을 조금 부어놓고 김으로 만 오이를 간장에 찍어서 오도독오도독 씹어 먹었다. "맛있어요" 하고 내가 말했다. "심플하고 신선하고 생명의 냄새가 나요. 맛있는 오이예요. 키위 같은 것보다 훨씬 나은 음식이에요."

여기에도 뭔가 의미가 있는 것처럼 오이가 등장하는데, 음식이 괴로움과 신선함을 연출하여 굉장히 인상적인 장면으로 만들어냈다.

이처럼 요리는 이야기 안에서 굉장히 믿음직스러운 무기가 된다.

《해변의 카프카》

: 나와 너의 삶이 겹쳐질 때

《해변의 카프카》는 하루키의 역작이다. 발표 후 2주일 만에 60만 부인쇄를 돌파하기도 했고, 2005년에는 아시아 작가로는 드물게 뉴욕타임스 올해의 책으로 선정되기도 했으며, 2006년 이 작품으로 '프란츠 카프카 상'을, 2009년에는 '예루살렘 문학상'을 수상했다. 더불어 작가 스스로도 이 작품을 "쓰고 싶었던 소재들의 집대성"이라고 말한 적이 있을 만큼, 《해변의 카프카》는 하루키가 가지고 있었던 사상과 소설적 기법의 집대성이라 말할 수 있겠다.

열다섯 번째 생일에 소년 다무라 카프카는 자신을 버리고 떠난 어머니와 누나를 찾아 여행을 떠난다. 카프카의 아버지 다무라 고이치는 소년에게 끔찍한 저주를 내렸는데, '아버지를 죽이고 어머니와 누나와 육체관계를 맺는다'는 것이 그 내용이었다. 소년은 그 저주를 피하고자 여행을 떠난 것이다. 한편 소년이 살고 있던 곳에서 멀지 않은 장소에 노인 나카타는 어떤 사건에 휘말린다. 나카타 노인은 제2차 세계대전 중이었던 유년 시절 불가사의한 사고를 겪고 읽고 쓰는 능력을 잃어버린 대신 고양이와 대화할 수 있게 된 사람이다. 어느 날 나카타 노인은 잃어버린 고양이를 찾아달라는 의뢰를 받고 그 행방을 찾던 중, 고양이를 잡아다가 죽이는 '죠니 워커'라는 인물과 만나게 된다. 죠니 워커는 자신을 죽여달라고 부탁하고 나카타는 갈등하지만, 노인이 갈등할수록 죠니 워커는 그의 눈앞에서 고양이를 참혹하게 고문한다. 그 광경을 보고 나카타는 참지 못하고 죠니 워커를 죽인다. 이후 나카타 노인은 자신이 살던 곳을 나와 '소년이 여행하는 것처럼' 서쪽으로 여정을 떠나게 된다.

특히 두 세계가 하나의 협력관계로 수렴되는 과정은 이전의 하루키 소설에선 볼 수 없었던 특징이라고 할 수 있다. 홀수 장에서 펼쳐지는 '15세 소년 다무라 카프카'의 이야기와 짝수 장에서 펼쳐지는 '나카타 노인'의 이야기는 언뜻 보기엔 기존의 하루키 작품처럼 평행선을 달릴 것 같지만 어느 순간 두 세계는 만난다. 만나는 것을 넘어 두 세계의 주인공은 연대한다. 짝수 장의 세계에 사는 나카타 노인은 홀수 장의 세계에 살고 있는 다무라 카프카의 앞길에 방해가 될 만한 요소들을 본의 아니게 제거해준다. '다무라 카프카'의 아버지 '다무라 고이치'인 '죠니 워커'를 의도치 않게 죽이고, 다무라 카프카에게 방해물이 될 '입구의 돌'을 없앤다.

이유가 뭘까? 어쩌면 '나카타 노인'에게 '다무라 카프카'는 '나일 수도 있었던 세계'이기 때문이다. 다무라 카프카와 나카타 노인은 과거 '폭력에 노출되어 있었고, 어딘가 이상해졌다'는 공통 경험을 가지고 있다. '카프카'의 경우 노골적으로 아버지의 폭력에 노출되어 있었고, '나카타'의 경우 읽고 쓰기 능력을 잃게 된 계기가 된 사건인 '아동 집단최면 사건'과 가정 내의 은밀한 폭력이 있었다. 그러나 나카타 노인은 과거 경험한 폭력을 극복하지 못하고 지금 '노인'이 되었다. 그가 폭력을 극복하기엔 너무 늦었고, 그렇기 때문에 '나카타 노인'은 '직접 극복할' 수 없는 자신 대신 '같은 상처'를 가지고 있는 '다무라 카프카'의 조력자가 됨으로써 과거에 대한 간접적인 극복을 시도하는 것이다. 스토리 안에서 둘은 한 번도 만나지 않지만, 나카타가 다무라의 조력자가 됨으로써 의도치 않게 둘의 삶은 겹쳐지게 되는 것이다.

《해변의 카프카》는 성장소설이다. 그러나 그 성장의 방식은 '개인'에게만 한정되지 않는다. 어떤 우연한 계기를 통해 '개인'들의 삶은 겹쳐지고 한 생은 다른 한 생에 바톤을 넘기는 방식으로 '인간'의 성장이 이뤄진다. 그것은 '나'와 '타인'의 관계 속에서 발생할 수 있는 가장 이상적 성장이기에, 어쩌면 이 이야기를 '신화'라고도 부를 수 있을 것 같다.

음식에 비유해본다

장면이나 상황을 음식에 비유하는 것도 아주 편리한 방법이다.

무라카미 하루키와 시바타 모토유키가 번역에 대해서 대담을 나눈《번역야화》를 보면 하루키는 소설을 쓰는 것과 번역을 하는 것의 관계를 "비 내리는 날의 노천 온천 시스템"이라고 표현한다. 노천 온천에서 몸을 따뜻하게 데우고 비를 맞으며 몸을 식히는 일을 번갈아 가며 하루 종일 할 수 있다는 의미로 비유한 것이다. "혹은 초콜릿과 소금 센베이"라고도 말한다.

《세계의 끝과 하드보일드 원더랜드》에는 이런 명대사가 나온다. "수면 부족 때문에 얼굴이 싸구려 치즈케이크 같이 부었다". 얼마나 매력적인 비유 표현인가?

또 이 작품에는 "바닥은 아주 깨끗하게 닦아서 광택이 나는 대리석이고, 벽은 내가 매일 아침 먹는 머핀 같은 노란빛이 나는 흰색이었다"라는 참신한 표현도 등장한다.

《댄스 댄스 댄스》에는 이런 표현도 나온다.

검게 그을린 피부가 참을 수 없을 만큼 매력적이야. 마치 카페오
레 요정 같이 보여. 등 뒤에 멋진 날개를 달고 스푼을 어깨에 둘
러메고 있으면 어울릴 것 같아. 카페오레의 요정. 네가 카페오레
와 같은 편이 된다면 모카와 브라질과 콜롬비아와 킬리만자로가
같이 덤벼도 절대로 이기지 못해. 전 세계 사람들이 다 카페오레
를 마실 거야. 전 세계가 카페오레 요정에게 푹 빠질 거야. 너의
그을린 피부는 그만큼 매력적이야.

《세계의 끝과 하드보일드 원더랜드》에 수록된 〈계산, 진화, 성욕〉
이라는 단편소설에선 주인공의 끝모를 식탐 묘사를 통해 인간의 적
나라한 욕망을 그대로 투사해 보인다.

샌드위치는 보통 레스토랑이나 간이음식점에서 나오는 양의 대
여섯 배는 되었다. 나는 그 3분의 2 정도를 말없이 혼자서 먹었
다. 세뇌를 오래하다 보면 웬일인지 엄청나게 배가 고팠다. 햄과
오이와 치즈를 차례로 입 속에 집어넣고 뜨거운 커피를 위 속으
로 흘려 보냈다.

《채소의 기분, 바다표범의 키스》에 수록된 단편소설 〈채소의 기분〉에 나오는 음식 만드는 장면은 책제목에 썩 잘 어울리는 생생한 사랑의 현장을 들여다보는 듯한 느낌을 준다.

양배추를 살짝 쩌서 안초비(기름에 절인 멸치)와 함께 파스타 재료로 써도 좋고, 유부와 함께 된장국을 끓여도 좋다. 혹은 실처럼 가늘게 채를 썰어 사발 가득 담아 마요네즈를 뿌려 먹는 것도 나쁘지 않고…… 머릿속에서 이런 망상이 점점 부풀어간다. 욕망의 형태가 점점 구체화된다.

《신의 아이들은 모두 춤춘다》에 수록된 단편소설 〈벌꿀 파이 -소설가 쥰페이의 사랑〉에서는 사요코네 맨션에서 저녁 식사를 하는 사요코와 쥰페이의 소담한 애정이 요리하는 장면을 통해 생생하게 독자에게 전달된다. 사요코는 〈송어〉의 멜로디를 홍얼대며 이태리 국수를 삶고 쥰페이는 강낭콩과 양파로 샐러드를 만든다. 두 사람은 정성스레 준비한 만찬을 안주 삼아 레드와인과 오렌지 주스를 마신다. 식사 후 함께 설거지를 하고 사요코의 아이에게 그림책을 읽어주는 평화로운 집안 풍경은 독자들로 하여금 슬며시 미소 짓게 만든다.

읽고 있으면 왠지 부끄러워지기도 하지만 이것도 문학적인 표혀으로는 아주 뛰어난 언어유희라고 생각한다.

이와 같이 어떤 장면이나 상황을 음식에 비유하는 기법은 아주 편리할 뿐만 아니라 오감을 자극하여 독자의 이해를 돕는다.

술의 종류에 대해서
아주 자세하게 묘사한다

공간의 분위기를 바꿀 때는 술을 이용하면 아주 편리하다. 이 야기의 전개가 어려울 때는 일단 등장인물에게 술을 마시게 해 본다.

맥주가 없어지자 커티삭을 마셨다. 그리고 슬라이 앤드 더 패밀 리 스톤의 레코드를 들었다. 도어즈와 롤링스톤스와 핑크 플로 이드도 들었다. 비치 보이스의 '서프스 업'도 들었다. 60년대적 인 밤이었다. 더 러빙 스푼풀과 스리 도그 나이트도 들었다. 만 약 심각한 외계인이 마침 그곳에 있었다면 타임워프 같은 것이 라고 생각했을 것이다.

《댄스 댄스 댄스》에는 이런 장면이 나온다.

솔직히 술을 마시지 않고 음악에 대해서도 잘 모르는 사람이 본다면 무슨 말을 하는지 잘 이해가 되지 않을 것이다. 하지만 이 기호와 같은 키워드가 하루키의 가벼운 문체를 살려준다.

우리는 할레쿨라니의 바에 갔다. 풀사이드 바가 아니라 실내에 있는 바였다. 나는 마티니를 마시고 유키는 레몬 소다를 마셨다. 세르게이 라흐마니노프 같은 심각한 얼굴을 한 머리숱이 적은 중년의 피아니스트가 그랜드 피아노에서 묵묵히 스탠더드넘버를 연주하고 있었다.

《댄스 댄스 댄스》의 한 장면이다. 이런 표현만으로도 시대의 분위기가 잘 전달된다.

유행하는 술을 자주 언급하는 것으로 표현할 수 있는 '시대의 공기'도 있는 것이다.

《도쿄기담집》에 수록된 단편소설 〈날마다 이동하는 신장처럼 생긴 돌〉에선 처음 본 여인의 인상을 와인을 마시는 모습으로 표현하고 있다. 한마디로 시원시원하고 스타일리시한 매력을 지닌 사람으로 여인이 묘사되고 있다.

또한 《세계의 끝과 하드보일드 원더랜드》에 수록된 〈식욕, 실의,

레닌그라드〉라는 단편소설에는 맥주를 주문해 정말 맛있게 들이켜는 장면이 세밀한 풍경화를 보는 듯한 착각을 불러일으킬 정도로 자세히 묘사되어 있다. 작품 속 그녀는 나에게 맥주를 마시고 싶다고 말하고 나는 그녀에게 냉장고에서 시원한 맥주와 두 손 가득 프랑크푸르트 소시지를 볶아서 갖다준다. 그때 여인은 중기관총으로 헛간을 마구 쓰러뜨리듯이 엄청난 기세로 맥주와 안주를 먹어치운다. 그녀에게 건네는 포테이토 샐러드에 미역과 참치를 섞은 샐러드마저 그녀는 또 두 병째의 맥주와 같이 날름 먹어치웠다. 그리고는 무척 행복하다며 미소 짓는 그녀를 보며 삶의 욕망이 넘치는 여인의 생명력을 본다.

《색채가 없는 다자키 쓰쿠루와 그가 순례를 떠난 해》에서도 술은 처음 만난 쓰쿠루와 여자의 서먹한 관계를 풀어주는 매개체로 등장한다.

> 모히토 잔이 비었다. 그녀는 바텐더에게 손짓을 하고 레드 와인을 한 잔 시켰다. 몇 가지 선택지 가운데서 숙고를 거듭하더니 나파의 카레르네 소비뇽을 골랐다. 쓰쿠루의 하이볼은 아직 반쯤 남았다. 얼음이 녹아서 잔 주위에 물방울이 맺히고 종이 받침은 저어 부풀어 올랐다.

작품에서 등장인물들이 가볍게 맥주를 들이켜거나 심각하게 진한 양주를 마시며 대화를 나누는 장면들은 독자들에게 작품 속 상황에 쉽게 번져가게 하는 마력이 있다.

하루키 소설 속 상황묘사는 좀 지나칠 만큼 술 마시는 장면이 빈번히 그려진다.

이 또한 작가만의 독한 작품 몰입의 한 방법이라고 치부한다면 지나친 하루키식 소설 작법일까? 아무튼 이래저래 자신의 독한 개성을 독특하게 버무려대는 작가가 아닐 수 없다.

몇 번째인지에 대해 묘사한다

등장인물이 '몇 번째 남자'인지는 역시 궁금해지는 문제다. 오손 웰즈가 출연한 〈제3의 사나이〉처럼 세 번째 이후의 존재에는 어딘가 '비공식적인' 비밀이 숨겨져 있을 것 같은 느낌이 든다.

예를 들어 '제3의 보물 발견'이라든지 '제3의 여자가 있다'와 같은 말을 보면 왠지 모르게 마음이 동요한다. 더 나아가 '네 번째 적'이나 '다섯 번째 여자'가 되면 점점 비밀이 깊어지는 인상을 받는다.

《렉싱턴의 유령》에 수록된 〈일곱 번째 남자〉는 둥글게 둘러앉은 사람들이 한 명씩 이야기를 하는 단편소설이다.

무라카미 하루키가 서핑에 빠져서 지내던 시기에 파도를 바라보다가 아이디어를 떠올린 작품이라고 한다. 여기서도 일곱 사람 중 '일곱 번째 남자'라는 부분 때문에 '호러' 또는 '미스터리'의 분위기가 난다.

일곱 명 중에 일곱 번째라는 것은 그 사실만으로도 궁금해지는 설정이다. 만약 제목이 '일곱 번째 여자'였다면 이것만으로도 벌써 사건이 일어날 것 같은 예감이 든다.

사물의 성질을 서수로 나타내는 경우엔 해당 사물에 대한 명확하고 분명한 성질이나 상황을 잘 정리해 표현해준다. 《1973년의 핀볼》에서 핀볼 기계를 설명하는 대목에서 기계의 장점과 특징이 뚜렷하게 나타난다.

이 기계는 대단히 양심적으로 만들어졌습니다. 첫째, 튼튼했죠. 빅 포에서 만든 기계는 대략 3년 정도가 수명이었는 데 비해 이건 5년은 쓸 수 있었습니다. 둘째, 투기성이 적고 기술 중심이었어요. 그 뒤 길버트 사는 그 방침에 따라 명기계를 몇 종류 더 만들었죠. '오리엔탈 익스프레스', '스카이 파일럿', '트랜스 아메리카'……. 모두 마니아들에게 높이 평가 받은 기계들입니다. '스페이스십'은 그들의 마지막 모델이 되었습니다. '스페이스십'은 앞의 네 기계와는 완전히 다른 기계였어요.

이러한 상황은 《세계의 끝과 하드보일드 원더랜드》에 수록된 〈엘리베이터, 소리 없음, 비만〉이라는 단편소설에서 주인공이 원더랜드로 가면서 탄 엘리베이터에 대한 묘사에서도 흡사한 성격을 지닌다. 즉 내가 탄 엘리베이터가 첫째 사무실 집기를 다 놓고도 소형 싱크대까지 덧붙여도 여유가 있을 만큼 널찍했고, 둘째로 청결했고, 셋째로 오싹할 정도로 조용했으며, 넷째로 내가 엘리베이터로 들어가도 아무 소리도 들리지 않았다는 식으로 엘리베이터에 탄 주인공의 상황을 묘사한다. 이를 통해 미지의 세계로 진입하는 주인공의 불안한 심리상태를 적확하게 표현해내고 있다.

또한 《바람의 노래를 들어라》에서는 주인공이 살아오면서 관계를 맺은 여인들을 설명하는 대목에서 첫 번째, 두 번째, 세 번째로 각각의 여성의 특징을 묘사함으로서 주인공의 성장 과정에서 여성취향이 어떻게 변하고 있는지가 여실히 드러나고 있다.

첫 여자는 고등학교 때 같은 반 여자아이였는데, 그때 우리는 열일곱 살이었고 서로를 사랑한다고 굳게 믿고 있었다.

두 번째 상대는 지하철 신주쿠 역에서 만난 히피 여자아이였다. 그녀는 열여섯 살로, 가진 돈도 없고, 잠잘 데도 없고, 게다가 가슴도 거의 없었지만 눈은 영리해 보이고 예뻤다.

세 번째 상대는 대학의 도서관에서 알게 된 불문과 여학생이었다. 하지만 그녀는 이듬해 봄방학에 테니스 코트 옆의 초라한 잡목림 속에서 목매달아 죽었다.

인상적인 소설은《노르웨이의 숲》에서 레이코 씨가 미도리와 나오코를 비교하면서 주인공 와타나베의 내면의 심리를 세세하게 묘사하는 대목이다. 이 부분에서 왜 와타나베가 어릴 적 연인인 나오코를 떠나 미도리에게 끌릴 수밖에 없었는지를 조목조목 정리하는 방법으로 첫째, 둘째 식으로 순서를 매기며 얘기하는 레이코 씨의 설명이 무척 설득력 있게 다가온다.

이처럼 'ㅇ번째'라는 말에는 미스터리하고 독자의 관심을 끄는 분위기를 조성하는 힘이 있다.

팝적인 키워드를
여기저기에 써넣는다

무라카미 하루키는 문장에 대한 대부분의 것을 음악에서 배웠다고 말한다. 《무라카미 하루키 잡문집》에서 "음악이든 소설이든 가장 기초가 되는 것은 리듬이다. 자연스럽고 기분 좋은, 그리고 확실한 리듬이 없다면 사람들은 문장을 계속 읽어주지 않을 것이다. 나는 리듬의 중요성을 음악에서(주로 재즈에서) 배웠다"라고 말하기도 했다. 비유 표현에도 대량생산·대량소비되는 대중문화와 관련된 말이 굉장히 많이 등장한다.

《세계의 끝과 하드보일드 원더랜드》에는 "나는 지구가 마이클 잭슨처럼 한 바퀴 빙 도는 시간만큼 푹 자고 싶었다"라는 문장이 나온다.

《국경의 남쪽, 태양의 서쪽》에는 "몸을 굽혀서 그녀의 이마에 키스를 했다. 그녀는 마치 콧대가 높은 프랑스음식점 지배인이 아메리칸 익스프레스 카드를 받을 때의 표정으로 나의 키스를 받았다"라는 표현이 나온다.

《샐러드를 좋아하는 사자》에 수록된 단편소설 〈재즈는 듣습니까〉는 하루키의 재즈 매니아적 기질과 뉴요커로서의 취향이 물씬 배어나온다.

> 내가 좋아하는 클럽은 많지만, 가장 멋진 곳은 뉴욕의 '빌리지 뱅가드'. 칠십 년도 넘는 세월 동안 한 자리를 지킨 가게이다 보니 단출하면서도 상당히 낡았다. 비도 조금 샌다. 메뉴도 다양하지 않고 결코 친절하지도 않지만, 재즈를 듣는 환경으로는 불평할 여지가 없다. (중략) 요전에 뉴욕에 갔을 때, 사흘 연속으로 이 가게에 가서 빵빵한 라이브 사운드에 몸을 푹 적셨다. 술맛 돋우는 백뮤직 정도가 아니었다. '아아, 재즈란 역시 좋구나'라는 사실을 절절히 느꼈다.

그리고 《해변의 카프카》에는 켄터키프라이드치킨(KFC)의 창업자인 커널 샌더스와 꼭 닮은 분장을 한 수수께끼의 인물이 등장해서 호시노 청년에게 '입구의 돌'이 있는 곳을 알려준다. 하루키는 작품에 '빵', '피자', '페이퍼백'처럼 밝은 느낌이 드는 말을 의도적으로 다수 등장시킨다. 이 수법은 하루키 칠드런이라고 불리는 가수의 가사에서도 볼 수 있다. 시이나 링고의 '마루노우치 새디스틱'에는

"릿켄 620(역주: 기타 이름)을 주세요"와 "나를 그레치(역주: 기타 브랜드)로 때려줘"와 같은 가사가 나온다. 아주 살짝이지만 하루키의 냄새가 난다. 오자와 겐지의 '통쾌 두근두근 거리'도 하루키적인 팝이다. "프라다 구두를 원해"라든지 "포기와 베스가 흐르는 카페" 등과 같은 가사가 군데군데 나온다.

하루키 소설에서 팝적인 요소가 넘쳐나는 문장들은 거의 모든 소설에서 크건 작건 나름의 상황에 맞게 재현되고 있다.《개똥벌레》에 수록된〈헛간을 태우다〉에선 등장인물들이 빙 크로스비 등의 올드 팝을 틀어놓고 팝송을 들으며 한 사람이 차이코프스키의 '현악 세레나데'를 연주하는 장면이 나온다. 그러면서 아무리 마셔도 안색 하나 변하지 않고 무의미한 맥주만 마셔대는 모습을 교차시키며 젊은이의 허무함을 달래는 모습을 그려낸다.

또한《노르웨이의 숲》에서는 여섯 장밖에 안 되는 재즈 음반을 들으며 궁핍한 청춘의 송가를 만끽하는 나오코의 모습이 묘사된다. 창밖에는 주룩주룩 비가 내리고 시간은 하염없이 흐르며 나오코는 홀로 의미 없는 말들을 떠들어댄다. 이때 주인공이 듣는 곡들은 비틀스의〈서전트 페퍼즈 론리 하츠 클럽 밴드Sergeant Pepper`s Lonely Hearts Club Band〉와 빌 에반스의〈왈츠 포 데비Waltz for Debby〉이다. 나오코는 취기가 오르면 모리스 라벨의〈죽은 왕녀를 위한 파반느〉와 드뷔시의〈달빛〉을 아름답게 연주하며 자기만의 센티멘털리즘 취향을 와타나베와 함께 나눈다.

《해변의 카프카》에서는 주인공이 자신의 방에서 차를 마시며 낡은 레코드를 차례차례 턴테이블 위에 올려놓는다. 이때 주인공이 듣는 음악들은 밥 딜런의 〈블런드 온 블론드〉, 비틀스의 〈화이트 앨범〉, 오티스 레딩의 〈도크 오브 더 베이〉, 스탠 게츠의 〈게츠 질베르토〉 같은 60년대 명반들이다. 청춘의 찬란했던 한 시절을 음미하는 주인공의 취향이 재즈와 락 선율에 절절하게 울려퍼지는 느낌이 물씬 풍겨나오는 장면이 인상적이다.

일상에 자리 잡고 있는 팝적인 말을 무기로 삼으면 문학과 우리가 살아가는 세계를 대담하게 연결할 수 있다.

유명한 음악을
배경음악으로 사용한다

음악에는 사람을 감동시키는 힘이 있다. 그리고 자신이 알고 있는 음악이 나오면 영상이 보이거나 소리가 들리는 공감각 체험이 가능하다. 무라카미 하루키 문학에서는 이 효과를 자주 사용한다.

비틀스가 가장 좋은 예라고 할 수 있다. 레이코 씨가 기타로 연주한 '노르웨이의 숲Norwegian Wood'를 비롯해서 소설《노르웨이의 숲》에는 비틀스의 노래가 많이 언급된다. 나오코의 생일에 듣는 레코드도 비틀스의 '서전트 페퍼스 론리 하트 클럽 밴드Sgt. Pepper's Lonely Hearts Club Band'다. 하루키는 이 곡을 120번 정도 들으면서 소설을 집필했다고 한다. 이 이외에도 '미쉘Michelle', '노웨어 맨Nowhere Man', '줄리아Julia' 등이 나온다. 비틀스의 곡명이 그대로 제목이 된 단편소설로는《4월의 어느 맑은 아침에 100퍼센트의 여자를 만나는 것에 대하여》에 수록된〈서른두 살의 데이 트리퍼〉와《여자 없는 남자들》에 수록된 〈드라이브 마이 카〉가 있다.

〈예스터데이〉(《여자 없는 남자들》에 수록)라는 단편도 있다. 주인공의 친구 기타루가 간사이 지방 사투리로 비틀스의 '예스터데이Yester-day'를 부르는 장면이 화제가 되기도 했다. 이 소설에는 "샐린저의 《프래니와 주이》의 간사이 사투리 번역 같은 건 없잖아요?"라는 대사가 나오는데, 하루키는 '주이가 간사이 사투리를 쓰는' 번역이 계속 하고 싶었는데 그것이 불가능해서 쌓인 욕구불만 때문에 이 단편을 썼다고 말하기도 했다. 이 작품은 《여자 없는 남자들》에 수록되면서 간사이 사투리로 부른 '예스터데이'의 가사가 대부분 삭제되었지만, 그래도 이색적인 작품으로 기억에 남아 있다.

초기 작품에는 '엘비스 프레슬리'도 등장한다.

엘비스 프레슬리는 아메리칸드림의 상징적인 존재다. 《바람의 노래를 들어라》의 주인공이 첫 데이트를 한 여자와 같이 본 것이 바로 엘비스 프레슬리 주연의 영화였다. 《색채가 없는 다자키 쓰쿠루와 그가 순례를 떠난 해》에는 쓰쿠루가 착신음이 무슨 노래인지 생각하다가 엘비스 프레슬리의 '비바 라스베가스Viva Las Vegas'라고 떠올리는 장면도 나온다.

이처럼 작품 안에 나오는 음악은 문학의 배경음악이 되기 때문에 영화나 드라마에서처럼 분위기를 고조시키는 효과가 아주 뛰어나다.

장면이 급하게 전개되는 장면에서는 빠른 템포의 곡을 대담하게

틀면 좋을 것이다. 자동차 라디오에서 음악이 흘러나오거나 CD를
트는 것으로 공간의 분위기를 바꿀 수 있다.

〈칼럼 무라카미 하루키의 비유 입문〉

: 건축편

인간은 세상에서 가장 작은 건축에 비유할 수 있다. '그녀의 마음속 어둠은 거대한 피라미드 같다', '내 기분은 무너져가는 산속 오두막집 같다'처럼 여러 건물을 이용해서 굉장히 다양한 비유가 가능하다.

시간을 생각하면 내 머리는 새벽의 닭장처럼 혼란스러웠다.
– 《세계의 끝과 하드보일드 원더랜드》 제29장

사육제 계절을 맞은 피사의 사탑처럼 앞쪽으로 기운 확실한 발기였다.
– 《해변의 카프카》 하권 제28장

나카타는 책이 한 권도 없는 도서관과 같습니다. 예전에는 이러지 않았습니다. 나카타 안에는 책이 있었습니다.
– 《해변의 카프카》 하권 제32장

나는 수화기를 놓고 앞으로 두 번 다시 그 여자를 만날 수 없다는 생각에 조금 쓸쓸해졌다. 마치 폐업한 호텔에서 소파와 샹들리에가 하나하나 옮겨지는 것을 보는 것 같은 기분이었다.
– 《세계의 끝과 하드보일드 원더랜드》 제37장

"두 번 다시 결혼하기 싫어?"

"어느 쪽이든 상관없어"라고 나는 말했다. "어느 쪽이든 똑같아. 입구와 출구가 있는 개집 같은 거야. 어느 쪽으로 나가서 어느 쪽으로 들어가든 별반 다르지 않아."
— 《세계의 끝과 하드보일드 원더랜드》 제37장

잠은 얕고 언제나 짧았다. 난방이 지나치게 잘된 치과의 대기실 같은 잠이었다.
— 《1973년의 핀볼》

광고를 장악할 수 있다는 건 출판과 방송의 대부분을 장악했다는 거야. 광고가 없는 곳에는 출판과 방송이 존재하지 않아. 물이 없는 수족관 같은 거지.
— 《양을 쫓는 모험》 제4장

그가 계속 쳐다보고 있으니 아무래도 내가 텅 빈 수영장이 된 것 같았다.
— 《양을 쫓는 모험》 제6장

27
색에 주목한다

무라카미 하루키는 색의 소설가다. 하여간 색을 굉장히 중요하게 생각한다.

《색채가 없는 다자키 쓰쿠루와 그가 순례를 떠난 해》에 등장하는 나고야에 사는 5명의 친한 친구는 빨강, 파랑, 하양, 검정이라는 색으로 서로를 불렀지만 유일하게 주인공인 다자키 쓰쿠루만 이름에 색을 의미하는 한자가 없었다. 쓰쿠루는 어른이 되었고 어느 날 여자친구의 말을 듣고 친구들과 재회하는 순례의 여행을 떠나게 된다. 고등학교 시절 가장 친한 네 친구에게 어느 날 갑자기 절교를 당한 쓰쿠루의 상실과 회복의 이야기를 그린 중국의 오행사상적인 성장 스토리다.

이 작품에는 색이 아주 효과적으로 사용되어 심층 심리를 묘사한다.

색은 각각 특징을 가지고 있어서 우리의 심리나 행동에 큰 영향을 끼친다. 색이 가진 이미지뿐만 아니라 불교에서 말하는 색(色)은 변화하고 소멸되는 사물의 상징으로 표현되는 경우가 많다.

우리는 색을 보고 다양한 느낌을 받는다.

예를 들어 '새빨간 거짓말', '새빨간 타인(역주: '생판 모르는 사람'이라는 뜻)'이라는 표현도 있지만, '빨간색'이라는 말을 들으면 불이나 피, 나아가 정열, 혁명과 같은 추상적인 개념도 연상하게 된다. 또는 '노란 목소리(역주: 높고 날카로운 목소리)'라는 말을 들으면 '꺄' 하는 목소리를 떠올리게 된다. 이것은 색의 마법이라고밖에 할 수 없다. 예를 들면 색은 다음과 같은 인상을 준다.

하얀색 → 선, 진리, 순결, 순수

검은색 → 악, 고급, 밤, 어둠, 슬픔

갈색 → 집착, 침착, 고풍스러움, 안정감

빨간색 → 사랑, 정열, 위험, 용기, 공격

오렌지색 → 음기, 행복, 자랑, 야심

노란색 → 활발함, 명쾌함, 즐거움, 행복, 희망, 유머

초록색 → 안전, 건강, 성장, 자연, 치유

파란색 → 냉정, 지성, 미래

보라색 → 고귀함, 정의, 우아함, 신비

금색 → 태양, 영광, 빛

회색 → 음울, 불변, 침정

《색채가 없는 다자키 쓰쿠루와 그가 순례를 떠난 해》의 등장인
물도 정교하게 색으로 나눠진다. 하얀색과 검은색의 중간색인 '회
색'을 의미하는 한자가 들어간 이름을 가진 '하이다灰田'라는 남자
도 등장한다.

전집에서만 읽을 수 있는 단편소설 중에 〈파랑이 사라지다〉라는
작품이 있다.

다림질을 하던 중 셔츠의 파란색이 사라지고 정신을 차려보니 이
세상에서 파란색이 사라져버렸다는 이야기다.

사실 이 〈파랑이 사라지다〉는 그 이후에도 하루키 작품에 자주
등장하는 '파랑'과 '사라지다'라는 키워드가 모두 등장하는 중요한
작품이다.

이 '파랑靑'이 이름에 들어가는 아오마메靑豆는《1Q84》의 주인공
중 한 명이다. 본명은 아오마메 마사미로 히로오에 위치한 고급 스
포츠클럽에서 근무하면서 암살자라는 얼굴도 가지고 있다. 이 이름
은 하루키가 술집에서 '아오마메(완두콩) 두부'라는 메뉴를 보고 떠
올렸다고 하며, 친구이기도 한 일러스트레이터 안자이 미즈마루와
와다 마코토가 같이 쓴 에세이집에 하루키가 직접《아오마메 두부》
라는 제목을 붙인 적도 있다.

그리고 하루키가 12세 때 편집위원으로 참가한 니시노미야시립

고로엔초등학교의 졸업문집에 수록된 작문 제목도 〈파란 포도〉다.

이 작문의 앞부분에서 하루키는 자신들을 익기 전의 "한 알의 파란 포도"에 비유했는데, 아주 보기 드문 재능이 느껴지는 귀중한 원점이 된 문장이라고 할 수 있다.

파란색은 하늘, 바다, 물과 같은 자연의 이미지를 연상시키는 동시에 내향적, 지성, 슬픔, 우울과 같은 이미지도 가지고 있다. 어떤 의미에서 '파란색'은 하루키 문학의 테마 컬러라고도 할 수 있다.

《세계의 끝과 하드보일드 원더랜드》에서는 집 외벽에 붙인 삼나무 목재나 집기, 벽면 색 묘사에 다양한 하얀색이 표현되어 있다. 이를 통해 무채색이면서 인간의 다채로운 삶의 실존의 모습을 '다양한 하얀색'으로 빚어내 새로운 문장의 이미지를 창출해내고 있다.

집 외벽에 붙인 삼나무 목재에도, 창틀에도, 좁은 입구에도, 창의 난간에도, 새하얀 페인트가 칠해져 있다. 시야에 들어오는 모든 것이 하양 일색이다. 서쪽 언덕의 경사면에는 모든 종류의 하양이 갖추어져 있다. 금방 새로 칠해 부자연스러우리만큼 빛이 나는 하양, 햇빛에 오랫동안 노출되어 누렇게 변한 하양, 비바람에 모든 것을 빼앗긴 것 같은 허무의 하양, 그러한 여러 가지의 하양들이 언덕을 둘러싼 자갈길을 따라 끝없이 펼쳐져 있다.

또한《기사단장 죽이기》에서 주인공이 멘시키를 소개받는 대목에서 '색을 면하다'는 의미로 멘시키라는 인물에 대해 호기심을 갖게 되는 장면이 나온다. 이를 통해 멘시키 씨의 앞으로의 개성적인 활약을 예상하게 된다.

멘시키? 뭔 그런 이름이 다 있지?

"색을 면하다,라고 써."

"무슨 수묵화 같네."

"흰색과 검은색도 색의 일종이야."

그 선명한 색의 혼합이 멘시키 씨가 사는 콘크리트 집의 순백색을 한층 도드라지게 했다. 거의 결벽에 가까운 그 흰색은 앞으로 어떤 것에도-비바람과 흙먼지에도, 하물며 시간에도 더럽혀지지 않고 멸시당하지 않을 것처럼 보였다. 흰색도 색의 일종이다, 나는 의미도 없이 생각했다. 결코 색을 잃은 것은 아니다.

이와 같이 색은 인간의 심리를 보여줄 뿐만 아니라 스토리의 세계관도 표현해 주는 아주 중요한 언어다.

《색채가 없는 다자키 쓰쿠루와 그가 순례를 떠난 해》

: 과거, 신화, 순례, 치유

《1Q84》이후 3년 만에 선보인 하루키의 신작에 발매 당일 일본과 한국에선 굉장한 진풍경이 벌어졌다. 일본에서는 사전 예약만 50만 부였고, 6일 만에 100만 부 판매를 달성했다. 전작인 《1Q84》가 100만 부를 달성하는 데 12일이 걸린 것에 비교하면, 굉장히 빠른 속도였다. 한국에서 역시 초판만 20만 부를 찍어냈고, 이 중 사전 예약이 18만 부였다.

유년 시절 나고야에서 네 명의 친구와 함께 우정을 나누던 다자키 쓰쿠루는 스무 살이 되어서 혼자 도쿄로 가게 된다. 나머지 친구들은 나고야 근처에 있는 대학에 진학한다. 다자키 쓰쿠루가 생각하기에 '거의 완벽한 공동체'에 가까웠던 나고야의 공동체 구성원(친구 네 명)들과 그는 이후로도 2년가량 연락을 하며 지낸다. 그러나 어느 날 갑자기 그들과 연락이 끊기고, 다자키 쓰쿠루는 한 친구로부터 그들 공동체에서의 퇴출을 통보받는다. 쓰쿠루는 한동안 힘들어하지만, 어느덧 16년의 세월이 흘렀고 그는 '사라'라는 여자와 함께 살게 된다. 다자키 쓰쿠루와 함께 살던 사라는 그에게 무언가 이상한 점이 있다고 생각한다. 사라와 대화를 나누는 도중 다자키 쓰쿠루는 과거 나고야의 친구들과 만들었던 공동체에서 퇴출당한 경험을 이야기한다. 사라는, 그렇다면 지금 그들을 찾아가서 이유를 물어보는 게 좋지 않겠냐고 물어본다. 그로 인해 그는 과거 나고야의 네 명의 친구들을 찾아 떠나게 되고, 이 이야기는 그러한 다자키 쓰쿠루의 순례와 치유에 대한 이야기이다.

누구나 과거에 대한 상처가 있다. 그 상처에 삶이 전복되지만 않는다면, 상처란 현재의 삶을 지탱해주는 디딤돌이 될 수도 있다. 다만 그 극복의 방식은 제각기 다르니, 쓰쿠루의 경우 순례를 통해 극복의 계기를 마련한다. 즉, 쓰쿠루는 나고야의 친구들을 만나기 전까진 아직 '상처'가 극복되지 않은 것이다.

쓰쿠루가 생각하기에 '거의 완벽한 공동체'에 가까웠던 5인의 공동체에서 퇴출당한 순간 그는 텅 비어버린 인간이 되었다. 그도 그럴 것이 그는 아직도 '색채가 없는' 다자키 쓰쿠루가 아닌가. 5인의 공동체 속에서도 쓰쿠루는 '무색'을 담당했지만, 공동체를 벗어난 이후에도 '쓰쿠루'는 '무색'을 담당한다. 아니, 5인 속에서 쓰쿠루의 '무색'은 의미―'의미'라는 것은 '맥락' 위에서만 발생한다―를 갖지만, 5인 바깥에선 쓰쿠루의 '무색'은 그냥 '아무것도 없는' 것이니 '담당한다'는 말을 붙일 순 없겠다. 그냥 그는 공동체 바깥에서 잉여의 생을 살고 있었다.

그 점을 간파한 게 '사라'였다. 그는 쓰쿠루를 '무언가 이상하게' 생각한다. 생기가 있는 사라에게 '쓰쿠루'는 평범하게 보이지만 어딘가 '텅 비어 있는' 사람처럼 느껴졌기 때문이다. 그리고 사라의 요청으로 쓰쿠루는 과거 본인이 겪었던 '신화적 공동체'의 세계로 돌아간다. 과거 좋았던 것을 회상한다는 것은 언뜻 보기엔 아름다운 일처럼 보인다. 그러나 '과거'가 현재를 위한 극복의 계기가 아니라, '현재'를 전복시키는 '아름다운 병'으로 도래할 때 인간은 과거에 사로잡힌다. 다행히 쓰쿠루는 순례 이후 다시 사라에게 돌아오고, 그들의 미래를 예감하며 이야기는 끝난다. (사실 이 결말만 보고는 쓰쿠루가 실제로 성장했는지 아닌지 알 수 없다. 다만 '성장의 예감'만을 드러낼 뿐이다.)

명작으로 손꼽히는 문학작품을
글 군데군데 인용한다

무라카미 하루키는 재즈와 클래식과 같은 음악에 정통해 있을 뿐만 아니라 고전문학에 대해서도 아주 박식하다. 특히 외국문학을 좋아해서 어린 시절부터 자주 읽었다. 그래서 소설 속에도 러시아의 문호 등이 자주 등장하곤 한다.

그중에서도 《죄와 벌》, 《백치》, 《악령》, 《카라마조프가의 형제들》 등으로 유명한 19세기 러시아 소설가 도스토예프스키에 대해서 하루키는 "위대한 작가죠. 도스토예프스키 앞에서는 자신이 작가라는 사실이 허무해져요"라고 《CD-ROM판 무라카미 아사히도 스메르자코프 대 오다 노부나가 가신단》에서 고백하기도 했다. 또한 "이 세상에는 두 종류의 사람이 있다. 《카라마조프가의 형제들》을 읽은 사람과 읽지 않은 사람이다"라고도 했다.

참고로 《카라마조프가의 형제들》은 하루키 작품에 등장하는 횟

수가 가장 많은 소설이다. 신앙, 죽음, 국가, 빈곤, 가족관계 등 다양한 테마를 다루고 있어 하루키가 추구하는 종합소설의 상징이라고 할 수 있다.

《바람의 노래를 들어라》에서는 쥐가 《카라마조프가의 형제들》을 바탕으로 소설을 쓰고, 《세계의 끝과 하드보일드 원더랜드》에서는 '내'가 "형제의 이름을 전부 말할 수 있는 사람이 이 세상에 몇 명이나 있을까"라며 이 소설을 떠올린다.

《세계의 끝과 하드보일드 원더랜드》에 수록된 단편소설 〈위스키, 고문, 투르게네프〉에서는 특히 세계적 대문호들이 많이 언급되는데, 우리에게는 도스토예프스키와 스탕달의 주요작품을 인용하면서 저자 자신의 문학적 기호를 엿볼 수 있게 한다.

나는 도스토예프스키의 소설에 등장하는 인물에는 거의 동정심 따위를 갖지 않지만, 투르게네프의 소설에 나오는 인물에게는 금세 동정이 넘친다. 심지어 〈87지서〉 시리즈의 등장인물에게까지도 동정심을 느낀다. 아마도 그것은 나의 인간 됨됨이에 많은 결점이 있기 때문일 것이다. 결점이 많은 인간일수록 결점이 많은 인간에게 관대해져서 동정적으로 되기 쉬운 것이다.

도스토예프스키의 소설에 등장하는 인물세계는 전적으로, 즉 100퍼센트 동정을 보낼 수가 없다. 왜냐하면 그의 소설에 등장하는 인물에게는 이따금 결점이라고는 할 수 없는 인간적이고 이

성적인 모습이 있기 때문이다. 톨스토이의 경우는 그 결점이 너무나도 커서 무감각하게 되어버리는 경향이 있다.

그리고 안톤 체호프도 중요한 작가다. 《갈매기》, 《바냐 아저씨》, 《세 자매》, 《벚꽃 동산》이라는 4대 희곡으로 유명한 러시아를 대표하는 극작가다. 《장수 고양이의 비밀》에서 여행에 가져간다면 '체호프 전집'이라고 할 정도로 하루키가 영향을 많이 받은 작가 중 한 사람이다.

《1Q84》에서는 덴고가 체호프의 기행문 《사할린 섬》의 원주민 길랴크인에 관한 기술을 읽어준다. 그리고 "소설가란 문제를 해결하는 사람이 아니다. 문제를 제기하는 사람이다"라는 체호프의 명언을 떠올리는 장면도 나온다.

단편소설에서도 고전문학과 명작이 등장한다. 《여자 없는 남자들》에 수록된 〈셰에라자드〉라는 작품이 있다. "나는 전생에 칠성장어였어". 어떤 이유로 몸을 숨기게 된 주인공 하바리는 성교를 할 때마다 이상한 이야기를 들려주는 여자에게 《천일야화》의 왕비와 똑같은 셰에라자드라는 이름을 붙여준다. 하루키 작품에서는 보기 드물게 '기타칸토의 지방 소도시'에 있는 한 마을이 무대가 된 기묘한 이야기다.

이밖에도 《색채가 없는 다자키 쓰쿠루와 그가 순례를 떠난 해》에서는 올더스 헉슬리가 말하는 '지각의 문'을 인용해 인간이 스스로 지각 자체를 확대시킬 수 있다는 확신을 밝히며, 지각의 문은 마치 안개가 걷힌 모든 것이 밝혀지는 단계임을 역설하고 있다. 또한 《스쿠푸니크의 연인들》에서는 예브게니 오네긴의 명언을 인용하고, 《해변의 카프카》에서는 플라톤의 〈향연〉에 나오는 아리스토파네스의 이야기를 통해 인간 존재의 불완전함을 역설하고 있다.

이렇게 고전문학을 되살리는 것으로 격조 높은 스토리가 탄생한다.

단가 형식의 고전시 와카和歌에는 '혼카도리本歌取り'라는 기법이 있다. 혼카도리란 유명한 와카에서 일부를 빌려와 새로운 노래를 만드는 기법인데, 원래의 와카가 연상되면서 노래가 더 풍성해진다. 하루키는 이 혼카도리 기법을 소설에 응용해서 다양한 명작을 소재로 새로운 문학을 만들어낸 것이다.

《1Q84》

: 지금 이 세상에 존재하는 나는 진짜 나일까?

《해변의 카프카》 이후 7년 만에, 《어둠의 저편》 이후 5년 만에 출간한 신작 장편소설 《1Q84》는 출간되기 전 예약 판매 첫날 종합 베스트셀러 1위를 기록했으며, 당일인 5월 29일 하루에만 68만 부가 팔려나가는 기염을 토했다. 이 작품은 일본 헤이안시대를 대표하는 베스트셀러 1위 도서로도 선정돼 일본 사회에서 《1Q84》가 갖고 있는 저력과 명성을 확인시켜준 명작이다.

재미있는 것은 일본 소니뮤직 관계자의 말에 따르면, 소설 속 주인공인 아오마메가 택시 안에서 듣는 곡인 야나체크의 〈신포니에타〉는 발매 후 9년 동안 2천 장이 팔렸는데, 《1Q84》가 출간된 뒤 일주일 만에 주문이 9천 장까지 쇄도했다는 것이다.

"그래서 평범하지 않은 일을 하고 나면 일상 풍경이, 뭐랄까 평소와는 조금 다르게 보일지도 모릅니다. 하지만 겉모습에 속지 않도록 하세요. 현실은 언제나 단 하나뿐입니다."

"이상이 발생한 건 내가 아니라 이 세계다. 어딘가의 시점에서 내가 알고 있는 세계는 소멸하고, 혹은 퇴장하고, 다른 세계가 거기에 자리바꿈을 한 것이다. 지금 이곳에 있는 내 의식은 원래의 세계에 속해 있지만 세계 그 자체는 이미 다른 것으로 변해버렸다. 패럴렐 월드."

아오마메라는 여성이 수도고속도로의 비상계단을 타고 내려가면, 그로부터 새로운 세계가 나타난다. 그 세계의 이름은 Q(물음표)로 가득찬 1Q84년. 1Q84의 세계에는 푸른, 노란 두 개의 달이 뜨고, 리틀 피플이 공기 번데기라는 물체를 만들어낸다.

"지금 이 세상에 존재하는 내가 과연 진정한 나일까?" 꽉 막힌 고속도로의 비상계단을 내려오면서 다른 세계로 접어든 여자 아오마메. 천부적인 문학성을 지닌 열일곱 소녀를 만나며 기묘한 사건에 휘말리는 작가 지망생 덴고. 그들 앞에 펼쳐지는 1Q84의 세계. 진정한 사랑을 갈구하는 두 남녀는 몇 개의 달이 떠 있는 하늘 아래에서 만나게 될까?

덴고와 아오마메의 장이 교차되었던 1,2권, 그리고 3권에서는 덴고와 아오마메, 그리고 독자의 허를 찌르는 제3의 인물이 매 장을 번갈아 진행하게 된다. 세 인물의 목소리가 교차하면서, 시간성과 플롯이 더욱 풍부해졌다.

1Q84의 세계를 떠나고자 하는 아오마메, 아오마메를 뒤쫓는 '선구', 아오마메를 지키는 다마루와 노부인, 자신을 둘러싼 세계의 비밀을 밝

히려는 덴고, 그런 덴고를 수호하는 후카에리, 그리고 덴고와 아오마메를 동시에 추적하는 제3의 인물 등 흥미진진한 이야기가 펼쳐진다.

"내 소설을 읽다가 궁금해져서 질문이 생기면, 그 수수께끼 같은 질문을 다른 수수께끼 같은 질문과 패러프레이즈^{Paraphrase}(바꿔 읽기, 바꿔 쓰기)하는 것이 가장 정확한 읽기가 되지 않을까 합니다. 독자가 각자 자기 나름대로, 수수께끼를 다른 형태로 치환해가는 것이죠. 소설이라는 것은 원래가 그렇게 치환하는 작업입니다. 마음속 이미지를 이야기의 형태로 치환해나가는 것입니다. 그 치환은 어떤 경우에는 수수께끼처럼 보일 겁니다."

출간 당시 목적 달성을 위해서라면 수단과 방법을 가리지 않는 종교 집단 '선구'가 남녀 두 주인공의 소설의 핵심으로 등장하는 부분이 작가가 옴진리교 사린가스 테러 사건에 영향을 받았다는 인터뷰를 통해 화제가 되었던 소설. 작가는 현대인들이 공포와 분노에 내던져지고 부딪치며 행동하고 있다는 생각에 현대인의 심층 의식이 붙잡고 있는 분노와 공포에 대해 집요하게 천착해 들어갔다. 그가 휘두른 전가의 보도는 바로 세계를 공포에 휩싸이게 하는 불안의 상황에 대한 예리한 문장과 스토리. 작가는 이 문장과 스토리를 날카로운 무기 삼아 현대인의 불안한 심리를 극복하기 위한 방법으로 새로운 세계로의 진입을 모색한다.

무언가에 대한 페티시즘이라는
사실을 강조한다

'페티시즘'이란 프랑스어 '페티시(물신, 주물)'에서 유래된 말이다. 어떤 대상이나 그 대상의 한 부분을 편애하는 것을 가리킨다.

무라카미 하루키 작품에서는 이 '페티시즘'이 중요한 조미료가 된다.

상징적인 것이 《양을 쫓는 모험》과 《댄스 댄스 댄스》에 등장하는 귀에 특별한 힘이 있는 '나'의 여자친구다.

마치 마력을 지닌 것 같은 완벽한 모양의 아름다운 귀를 가진 여자친구는 귀 전문 모델, 출판사의 교정 아르바이트, 고급 콜걸 등 다양한 일을 하고 있다. 성기의 비유로 '귀'를 사용했는지도 모른다. 어느 쪽이든 등장인물이 귀 페티시를 가지고 있기 때문에 스토리에 보이지 않는 관능성이 부여된다.

이 이외에도 '귀'가 상징적으로 등장하는 작품이 있다.

단편소설 〈장님 버드나무와 잠자는 여자〉는 귀가 아픈 사촌을 데리고 버스를 타고 병원에 가는 '나'의 기묘한 이야기다.

'장님 버드나무'에는 아주 독한 꽃가루가 있는데 그 꽃가루가 묻은 작은 파리가 귀로 들어가 한 여자를 잠들게 만드는 기묘한 설정이 나온다. 여기서도 마음을 닫아버린 인간끼리의 커뮤니케이션 수단으로 '귀'가 중요한 의미를 가진다.

귀가 중요하게 등장하는 작품은 또 있다.

《중국행 슬로보트》에 수록된 단편소설 〈시드니의 그린 스트리트〉다. 시드니의 그린 스트리트(녹색 거리)에 사무소를 차린 사립 탐정인 '나'는 양 사나이에게 양 박사에게 빼앗긴 오른쪽 귀를 되찾고 싶다는 의뢰를 받는다.

그 이후에 젊은 독자를 위한 단편집 《첫 문학 무라카미 하루키》에 수록될 정도로 하루키는 이 작품을 마음에 들어 한 모양이다.

초기의 '귀 소설'로 큰 존재감을 자아낸다.

《1Q84》에는 "막 만들어진 귀와 막 만들어진 여성의 성기는 아주 닮아 있다"라는 문장이 나온다.

역시 귀에 성기를 떠오르게 하는 어떤 공통점이 있다는 사실은 분명하다.

《세계의 끝과 하드보일드 원더랜드》에 수록된 〈비옷, 야미쿠로, 세뇌 작업〉과 〈꿈 읽기〉에서는 포유류의 두개골에 천착해 인간의 두개골에서 인류의 오래된 꿈을 발견해내는 장면이 나온다.

"나는 비교적 젊은 시절부터 포유류의 두개골에 꽤 흥미를 가지고 있었네. 그래서 하나 둘씩 모았지. 벌써 40년 가까이 된 것 같은데…… 그런데 뼈란 것을 이해하기엔 상상 이상으로 긴 세월이 걸린다네. 그런 의미에서 살이 붙어 있는 산 인간을 이해하는 쪽이 훨씬 편하지. 나는 아주 절실하게 그렇게 생각하네. 하긴 자네만큼 젊다면 죽은 뼈보다는 살아 있는 육신 쪽에 승산이 더 있겠지만" 하고 말하며 노박사는 또 한바탕 후오호호 하고 한참 동안 웃어댔다.

"내 경우, 뼈에서 나는 소리를 듣기까지 꼬박 30년이 걸렸네. 30년이라면 이만저만한 시간이 아니지."

나는 두개골의 머리 부분을 살포시 양손으로 덮고, 그것이 나의 체온에 감응해서 희미한 열을 발산해주기를 기다렸다. 어떤 일정한 온도에 도달하면—대단한 열이 아니라, 겨울철 양지쪽의 따스함 정도다—하얗게 잘 닦여진 두개골은 거기에 새겨진 자신의 오래된 꿈을 이야기하기 시작한다.

애너그램을 잘 활용한다

애너그램^{anagram}은 언어유희의 일종이다.

'한 단어'의 글자 몇 개의 순서를 바꿔서 전혀 다른 의미를 만들어내는 것이다.

윌리엄 셰익스피어가 쓴《햄릿》의 햄릿^{Hamlet}이라는 주인공의 이름은《데인인의 사적^{Gesta Danorum}》에 나오는 암렛^{Amleth}의 애너그램이다. 방송인 타모리는 본명인 모리타^{森田}를 뒤집어 읽은 이름이고, 가수 카히미 카리^{Kahimi Karie}는 본명인 히키마리의 애너그램이다. 대형서점 준쿠도^{ジュンク堂}의 이름은 창업자의 아버지인 쿠도 준^{工藤淳}의 애너그램인 준쿠도^{淳工藤}에서 유래했다.

이렇게 자연스럽게 의미를 감추는 상급자용 말장난, 이것이 애너그램이다.

《댄스 댄스 댄스》에 등장하는 인기 없는 소설가의 이름은 마키무

라 히라쿠Makimura Hikaru다. 청춘소설 작가에서 갑자기 실험적인 전위

작가로 변신하여 가나가와 현 쓰지도에 살고 있다. 유키의 아버지

인 마키무라 히라쿠는 무라카미 하루키Murakami Haruki의 애너그램이

다. 사실 이 이름은 실제로 하루키가 데뷔 전에 잡지 등에 기고할 때

사용하던 펜네임이기도 하다.

《색채가 없는 다자키 쓰쿠루와 그가 순례를 떠난 해》에서는 주인

공 '쓰쿠루'에 한자어 해석을 통해 주인공의 직업이 유추되는 재미

있는 현상이 묘사된다.

> '쓰쿠루'라는 이름에 해당하는 한자를 '創'으로 하느냐 '作'으로
> 하느냐에 대해서는 아버지도 많이 망설였던 것 같다. 읽을 때는
> 똑같은 발음이라도 글자에 따라 분위기가 많이 달라진다. 어머
> 니는 '創'을 추천했지만 명칭이나 숙고를 거듭한 끝에 아버지는
> 보다 온건한 '作'을 선택했다.
>
> 아버지의 이름은 '다자키 도시오'였다. 그야말로 그에게 잘 어울
> 리는 이름이었다. '多崎利男', 온갖 곳에서 이익을 올리는 남자.
> 무일푼으로 우뚝 일어서서 부동산업에 몸을 던져 일본의 경제 발
> 전과 더불어 눈부신 성공을 거두고 폐암으로 고통받다가 예순네
> 살에 세상을 떠났다

또한 리스트의 〈순례의 해〉라는 소곡집의 의미가 '전원 풍경을 불러일으키는 영문을 알 수 없는 슬픔'에서 유래되었음을 그럴 듯하게 유추해내기도 한다.

"프란츠 리스트의 〈르 말 뒤 페이〉예요. 〈순례의 해〉라는 소곡집
의 제1년, 스위스에 들어 있죠."
"르 말 뒤……?"
"Le Mal Pays, 프랑스어예요. 일반적으로는 향수나 멜랑콜리라
는 의미로 사용되지만 좀 더 자세히 말하자면 '전원 풍경이 사람
의 마음에 불러일으키는 영문 모를 슬픔.' 정확히 번역하기가 어
려운 말이에요."

《도쿄기담집》에 수록된 〈시나가와 원숭이〉라는 단편소설에는 안
도 미즈키라는 여인이 자신의 이름에 익숙해지지 못해 이름 없는 한
여자로 남겨지길 바라는 심정이 잘 묘사돼 있다.

그녀는 '안도 다카시'라는 이름의 남성과 결혼해서, 그 결과 안도
미즈키라고 불리게 된 것이다. (중략) 가령 '미즈키(水木) 미즈키'나
'미쓰기(三木) 미즈키'처럼, 말장난 같은 이름을 써야 할 상황도
일어날 뻔했으니까(그녀는 짧은 기간이기는 했지만, 미쓰기라는 성
을 가진 남성과 교제를 한 적이 있다), 그에 비하면 안도 미즈키는

그래도 괜찮은 편 아닌가 하고 생각했다. 그리고 그녀는 서서히 그 새로운 이름을 자기 자신의 것으로 받아들였다. 그러나 1년 전부터, 그 이름은 갑자기 도망치기 시작했다. 처음에는 1개월에 한 번 정도였지만, 시간이 지날수록 그 빈도가 늘어났다. '안도 미즈키'라는 이름이 일단 도망쳐버리고 나면, 그녀는 누구도 아 닌 '이름 없는 한 여자'로 이 세상에 남겨지게 되었다.

소설 속에서 등장인물의 이름에 얽힌 유래를 애너그램으로 활 용하면 독자들에게 보다 선명하게 작품 전체의 상징이나 주제를 주인공의 이름을 통해서 유추할 수 있는 효과를 볼 수 있다.

반자전적으로
자신의 분신을 묘사한다

무라카미 하루키 문학에 가장 많이 등장하는 인물은 바로 '나'다. '나'는 하루키 자신이며 이야기 안에서 사는 분신이기도 하다.

《바람의 노래를 들어라》,《1973년의 핀볼》,《양을 쫓는 모험》,《댄스 댄스 댄스》라는 '나와 쥐 4부작'을 비롯하여 수많은 작품이 '나'라는 1인칭 시점에서 쓰였다.

그런데《태엽 감는 새 연대기》의 집필이 끝나고 '더 이상 1인칭만으로는 소설을 쓸 수 없겠다'고 생각한 듯《해변의 카프카》의 나카타 씨의 장,《애프터 다크》,《1Q84》,《색채가 없는 다자키 쓰쿠루와 그가 순례를 떠난 해》는 3인칭으로 썼다.

이렇게 자신의 분신을 아주 세세한 부분까지 정성을 들여 그리는 것이 하루키 문학의 매력이다.

또한 이 분신이 이야기 속에 완전히 녹아들어서 등장하는 경우도 있다.

《4월의 어느 맑은 아침에 100퍼센트의 여자를 만나는 것에 대하여》에 수록된 단편 〈뾰족구이의 성쇠〉라는 작품은 하루키 자신의 에피소드가 기묘한 짧은 이야기로 그려진다.

어느 날, 남자는 신문에 실린 '명과 뾰족구이·신제품 모집·대설명회'라는 광고를 보고 호텔을 방문한다. 그리고 그 남자에게 기묘한 일이 하나둘 일어나기 시작한다. '뾰족 까마귀'가 싸우며 서로를 쪼는 것이다. 이에 대해서는 하루키가 소설가로 데뷔했을 때 문단에 대해서 느낀 인상을 그대로 우화적으로 표현한 것이라고 말한 적이 있다.

《신의 아이들은 모두 춤춘다》에 수록된 〈벌꿀 파이〉도 반자전적이라고 할 수 있다.

고베에서 와세다 대학 문학부에 진학해서 별볼일없는 소설가가 된 36세의 준페이가 주인공이다. 대학 시절에 셋이서 친하게 지내던 사요코와 다카쓰키가 결혼하고 후에 이혼하지만 셋의 친구 관계는 여전히 이어진다.

이 둘의 딸로 4세인 사라에게 준페이가 벌꿀 채집의 명인인 '곰 마사키치'와 마사키치의 친구인 '동키치'가 나오는 동화를 즉흥적으로 만들어 들려준다는 이야기다. 하루키 자신이 '와세다 대학을 졸업해서 인기 없는 소설가가 되었다면……' 하고 생각해 본 망상 속의 이야기일까?

그리고 《도쿄기담집》에 수록된 〈날마다 이동하는 콩팥 모양의 돌〉의 주인공 준페이는 31세가 된 단편소설을 잘 쓰는 소설가다. 아쿠타가와상 후보에는 4번이나 오른 적이 있다. 하루키 자신도 몇 번이나 후보에도 올랐지만 선정되지는 못했다.

한 파티에서 기리에라는 이름의 여성과 만나고 "남자가 평생 동안 만나는 여자들 중에서 진정한 의미를 가지는 여자는 세 명뿐이다"라는 아버지의 말을 떠올린다. 그 후 기리에에게 이야기한 신장석에 대한 소설이 문예지에 실리지만 그녀와는 연락이 닿지 않는다.

이 준페이는 〈벌꿀 파이〉의 주인공과 동일인물로 하루키의 분신과도 같은 인물이다.

〈중단된 스팀다리미의 손잡이〉라는 작품도 있다.

안자이 미즈마루의 저서 《POST CARD》에 수록된 연작 단편 중 하나다. 전집에도 수록되지 않은 채 환상 속의 작품이 되었다.

안자이 미즈마루의 본명인 '와타나베 노보루'가 '벽화 예술가'로 등장하는 농담 같은 이야기다. 당시에 《노르웨이의 숲》이 대히트를 기록한 하루키 자신을 패러디한 작품이다.

《댄스 댄스 댄스》에 나오는 명대사 "문화적 제설작업"도 하루키 자신을 아이러니하게 표현한 것이다.

이 세상에 필요하지만 아무도 눈길조차 주지 않는 문장을 '제설작업'에 비유한 표현이다. 자유기고가인 '나'와 유키의 아버지인 소설가 마키무라 히라쿠와의 대화가 아주 유명하다.

"구멍을 메우기 위한 문장을 제공할 뿐입니다. 무엇이든 상관없어요. 글자가 쓰여 있으면 됩니다. 하지만 누군가는 써야만 해요. 그래서 제가 쓰는 거예요. 제설작업 같은 거죠. 문화적 제설작업."

"내가 다른 곳에서 써도 될까? 그 '제설작업'이라는 말. 재미있는 표현이네. 문화적 제설작업."

하루키는 자신을 표현하는 것은 '자기 치유'라는 측면이 강했다고 말한다. 소설의 등장인물은 작가에게 때때로 무의식적인 분신 같은 존재다.

《직업으로서의 소설가》

: 세상에는 이런 일도 있다

이 책은 하루키의 창작론인 동시에 생활론이기도 하다. 소설가란 어떤 사람인지, 소설가인 본인은 세상의 어떤 지점에 주목했는지에 관해서도 이야기하지만, 책의 많은 부분은 하루키의 피지컬적인 삶 자체가 묻어 있다. 소설가와 생활인으로서 하루키의 '성실함'을 부정하기는 힘들다. 때문에 하루키의 소설에 대해 별로 좋지 않게 생각하는 사람일지라도, 이 책에 대해선 좀 더 미덥게 생각할 수 있을 것 같다. 스티븐 킹의 소설은 그다지 좋아하지 않지만,《유혹하는 글쓰기》는 열심히 읽는 소설가 지망생들이 많은 것처럼 말이다.

"당신이 아는 사람 중에 진지하게 화를 내면 왠지 자꾸 재채기가 나는 사람이 있다고 합시다. (중략) 생리학적으로 혹은 심리학적으로 분석 추측하고 가설을 세우는 것도 물론 하나의 접근방법이겠지만, 나는 별로 그런 식으로는 생각하지 않습니다. 내 머릿속의 활동은 대체적으로 '어, 이런 사람이 있구나'라는 선에서 끝납니다. '어째서인지는 모르겠지만 세상에 이런 일도 있구나'라고."

어째서인지는 모르지만 세상에는 이런 일도 있고, 저런 일도 있다. 과학자는 이런 일과 저런 일 사이에서 어떤 규칙성을 발견할 수 있을 것이고, 철학자라면 이런 일과 저런 일이란 실상 인간에게 무엇을 의미하는 것인지 말을 보탤 수 있을 것이다. 그렇다면 소설가는 무슨 말을 할까? 하루키에게 소설가란 '세상에는 이런 일도 있다'는 문장 자체를 제시하는 사람이다.

간단해 보일 수 있지만 이게 생각보다 쉽지가 않다. 인간이란 본래 '에고'로 가득 찬 존재이기 때문이다. '세상에는 이런 일도 있다'라는 말을 소설가의 입장에서 하기 위해선 적은 편견으로 세상을 바라보아야 한다. 적어도 하루키의 '소설가'는 그렇다. 과학자라면 '세상에는 이런 일은 있을 수 없어!'라는 말을 가끔 할 수도 있고, 철학자라면 '그런 일은 인간에게 별로 의미가 없어'라고 할 수 있지만, 소설가는 판단을 내리는 존재가 아니기 때문이다. '세상에는 이런 일도 있다'라는 문장은 적어도 소설가에겐 '명제'가 아니다.

그것이 거기에 있다. 다른 것도 거기에 있다. 세상에는 A라는 사물이 있고, B라는 인격이 있고, C라는 세계가 있다. 소설가는 그 자리에서 멈춘다. 독자는 유추하지만, 소설가는 설명하지 않고 입을 다문다. 무시무시한 말이지만, 텍스트를 제시한 후 저자는 살해당한 것처럼 어딘가로 사라지는 것이다(블랑쇼). 그리고 어딘가에서 부활해서 매일 아침 5시에 일어나서 4시간 동안 원고지 20매를 쓰고, 두 시간 동안 달리기를 한다. 이 책은 이 생활을 35년 동안 해온 직업소설가 무라카미 하루키의 자전적 에세이이다. (더불어 하루키의 대부분 에세이가 출판사의 요청으로 시작된 것에 비해, 이 책은 처음부터 작가 자신의 의지로 쓰였다.)

하루키는 이 책에서 총 12장에 걸쳐 35년 동안 써온 소설 쓰기와 작가로서의 삶에 대해서 말한다. 그러나 35년이란 긴 시간에도 불구하고 그의 말은 꽤 담담하고, 소박하다. 과장 없이 솔직한 그의 말들을 따라가다 보면 '소설과 글쓰기'를 넘어 삶에 대한 약간의 혜안을 얻을 수도 있을 것이다. 물론 그 혜안이란 게 '어떻게 하면 하루키처럼 성공할 수 있는가?'라기 보단, '소설가 혹은 한 사람의 생활인으로서 성실하게 산다는 것은 어떤 모양인가?'에 가깝다. 그래서 부담이 없고, 그 점이 참 하루키답다.

고전음악의 우아하고
아름다운 세계를 표현한다

하루키 소설의 거의 모든 작품에는 크건 작건 클래식 음악을 소개하는 장면들이 많이 있다. 이처럼 하루키의 모든 소설에 예외 없이 클래식 음악이 등장하는 데는 무엇보다 작가의 개인적 취향이 가장 큰 몫을 차지할 것이다. 하루키는 기본적 소양이 재즈와 클래식에 특별한 지식과 자질을 갖춘 문학예술가이다. 국내외에도 하루키의 재즈나 클래식 음악을 소개한 본격적인 교양작품집들이 많이 있다.

무엇보다 하루키 소설에 나오는 클래식 소개의 기능은 작품의 원초적인 깊이를 부여하는 의미와 작중인물의 교양적 태도, 그리고 필연적으로 등장인물의 내면묘사나 극중 상태, 앞으로의 작품 전개상의 필요에 따른 적합한 장치로 활용되고 있음을 알 수 있다.

먼저 등장인물의 심리묘사에 활용된 클래식 소품으로는 《세계

의 끝과 하드보일드 원더랜드》에 수록된 〈식욕, 실의, 레닌그라드〉
와《국경의 남쪽, 태양의 서쪽》에 수록된 〈열두 살의 첫사랑〉을 꼽
을 수 있다.

그러고는 침대에 누워, 로벨 카사드슈가 연주하는 모차르트의 콘
체르트를, 오래된 레코드로 들었다. 모차르트의 음악은 오래된
녹음으로 듣는 쪽이 훨씬 더 마음속 깊이 와 닿는 듯한 기분이 든
다. 그렇지만 그런 것도 물론 편견일지도 모른다.
시간은 벌써 7시가 넘었고 창밖은 아주 깜깜해졌지만, 그래도 아
직 그녀는 나타나지 않았다. 결국 나는 24번과 24번의 피아노 콘
체르트를 전부 듣고 말았다. 아마도 그녀는 생각을 바꾸어 내게
오는 것을 그만두기로 했는지도 모른다. 만약 그렇다고 해도 그
일로 그녀를 책망할 수는 없었다.

매주 한두 번씩 나와 그녀는 소파에 앉아 그녀의 어머니가 끓여
주시는 홍차를 마시면서 로시니의 〈서곡집〉이나 베토벤의 〈전원
교향곡〉이나 그리그의 〈페르 귄트〉를 들으며 오후를 보냈다. 내
가 집에 놀러 오는 것을 그녀의 어머니는 언제나 환영해주었다.
시마모토의 모친은 전학한 지 얼마 안 된 딸에게 친구가 생긴 것
을 기뻐했고, 내가 얌전하고 언제나 단정한 차림새를 하고 있었
던 것도 마음에 들어 하셨던 거 같다.

클래식 애호가로 나오는 소설 속 주인공을 표현하는 데 있어서 《색채가 없는 다자키 쓰쿠루와 그가 순례가 떠난 해》는 가히 독보적인 위치를 차지하고 있다.

여행 준비를 끝낸 다음, 오랜만에 리스트의 〈순례의 해〉 레코드를 꺼냈다. 라자르 베르만이 연주하는 세 장짜리 LP. 15년 전 하이다가 남겨 둔 것이었다. 그는 거의 그 레코드를 들을 목적 하나만으로, 아직도 구식 레코드플레이어를 가지고 있었다. 첫 장을 턴테이블에 올리고 2면에 바늘을 올렸다. (중략) 〈르 말 뒤 페이〉. 조용한 멜랑콜리가 어린 그 곡은 그의 마음을 감싼 형체 없는 슬픔에 조금씩 윤곽을 그려준다. 마치 허공에 잠겨 든 투명한 생명체의 표면에 수없이 많은 가느다란 꽃가루가 달라붙어 전체 형상을 눈앞에 조용히 떠오르게 하는 것처럼. 이번에는 이윽고 사라의 형상으로 나타났다. 민트 그린의 반소매 원피스를 입은 사라.

또한 《스쿠푸니크의 연인》에서 스미레의 클래식 애호가로서의 대단한 클래식 소양도 독자들로 하여금 작중 인물들의 인품과 교양을 신뢰할 수 있게 만드는 장치로서 활용된다.

두 사람은 음악에 관한 이야기를 했다. 스미레는 클래식 음악팬으로 어린 시절부터 아버지의 레코드 컬렉션을 자주 들었다. 음악에 대한 두 사람의 기호에는 공통점이 많았다. 양쪽 모두 피아노 음악을 좋아했는데, 그 가운데에서도 베토벤의 32번 피아노 소나타를 음악 역사상 가장 중요한 피아노 음악이라고 평가하고 있었다. 그리고 빌헬름 바크하우스가 데카에 남긴 녹음은 그 기준이 될 만한 해석이고 비교할 것이 없는 훌륭한 연주라고 믿고 있었다. 게다가 얼마나 즐겁고 생동감이 넘치는 연주인가!

《노르웨이의 숲》이나《해변의 카프카》에서는 클래식이 주인공의 아름다웠던 시절을 회상하게 하는 기능을 하거나 작중 인물들의 공통의 취향을 돋보이게 하는 구실을 한다.

우리가 커피하우스로 돌아온 것은 세 시 조금 전이었다. 레이코 씨는 책을 읽으면서 FM방송에서 흘러나오는 브람스의 피아노 협주곡 2번을 듣고 있었다. 어딜 둘러봐도 사람 그림자 하나 보이지 않는 초원의 한쪽 끝에서 브람스가 들려온다는 것은 참으로 근사한 일이었다. 3악장의 첼로가 나오는 부분의 멜로디를 그녀는 휘파람으로 따라 부르고 있었다.
"바크하우스와 뵘이야"하고 레이코 씨가 말했다. "옛날엔 레코드판이 닳도록 이 곡을 들었지. 정말 닳아버렸다니까. 구석구석까지 다 들었어. 샅샅이 핥듯이 말이야."

"루빈슈타인과 하이페츠, 포이어만의 트리오입니다. 당시에는 '백
만 달러 트리오'라고 불렸답니다. 그야말로 거장들의 예술입니
다. 1941년에 제작되어 오래된 음반이지만, 아직까지도 그 빛을
잃지 않고 있습니다."

"그런 느낌이 듭니다. 좋은 것은 언제나 좋지요."

"더러는 조금 구축적이고 고전적이며 강직한 〈대공^{大公} 트리오〉
를 좋아하는 분도 있습니다. 가령 오이스트라흐 트리오의 연주
같은 것을 말입니다."

"아니, 나는 이것이 좋습니다"하고 청년은 말했다. "뭐라고 할
까 부드러운 느낌이 듭니다."

무엇보다 하루키 문학의 전형은 아름답고 우아한 인간 내면의 자
화상을 그리는 데 있다. 이를 위해서 하루키만큼 고상하고 격조있
게 클래식을 소설 속에 녹여낸 작가도 흔치 않다. 인간의 성숙한 품
성과 아름다운 세계로 다가가기 위한 가장 하루키다운 문학 장치로
클래식 세계의 이입만큼 효과적인 것도 없을 것이다.

작가로서의 글쓰는 태도를 피력한다

하루키는 전 세계인이 좋아하는 국제적인 소설가이다. 아마도 일본에서는 말할 것도 없고, 한국을 비롯한 아시아권과 미국, 영국과 독일, 스위스, 오스트리아 등의 유럽에서도 하루키 소설이 범세계적으로 읽히는 데는 그만의 젊은 피와 생생한 문장의 힘에 청춘 독자들이 열광하게 되는 이유인 것 같다.

우리가 아는 하루키는 지극히 개인적이고 사소한 현대인의 불안과 절망을 노래하는 음유소설가로 알려져 있다. 하지만 사실 소설 문장에 임하는 작가의 자세는 사뭇 비장할 정도로 엄정하고 기본에 충실하고자 노력하는 작가이다. 이러한 그의 글 쓰는 태도는 자신의 작품 속에 뚜렷이 작가로서의 입장을 밝히고 있다. 그 중《신의 아이들은 모두 춤춘다》에서는 몸으로 쓰는 글에 대한 자신의 입장을 밝힌다. 한마디로 그리고자 하는 인물을 머리로 생각하지 말고 몸을 움직여 묘사하라는 것이다.

> 머리로 쓴다기보다 신체(손)을 움직여봐야 쓰여진다.
> 나는 어떤 사물을 머리로 생각하는 것은 잘 안 되는 편이어서, 실
> 제로 신체(손)을 움직여보지 않으면 그 사물을 잘 이해하지 못하
> 는 때가 있다. 가령 나는 작년에 쓴 장편《스푸트니크의 연인》에
> 서 시점을 '나'로부터의 시점과, 주인공 '스미레'로부터의 시점
> 으로, 크게 배분하고 있다고 생각하며, 그것은 또한 명확한 형
> 태를 갖는 변화는 아니라고 해도, 나에게 있어서는 또 다른 신체
> 를 움직이는 방법이었으며, 그 감촉은 좋은 형태로 여운을 남긴
> 다고 생각한다.

무엇보다 문장의 실체와 글 쓰는 작업에 대한 태도에 관해선《바
람의 노래를 들어라》의 작품을 시작하는 첫문장에서부터 강력한 메
타포를 쏟아낸다.

> "완벽한 문장 같은 건 존재하지 않아. 완벽한 절망이 존재하지
> 않는 것처럼……."

> "글을 쓰는 작업은, 단적으로 말해서 자신과 자신을 둘러싼 사물
> 과의 거리를 확인하는 일이다. 필요한 건 감성이 아니라 '잣대'다."

그리고는 진정한 예술작품을 원한다면 진짜 글 쓰는 노동을 했던 그리스 시민의 시작을 본받을 것을 주문한다.

> 만약 당신이 진정한 예술이나 문학을 원한다면 그리스 사람이 쓴 책을 읽으면 된다. 참다운 예술이 탄생하기 위해서는 노예 제도가 꼭 필요하기 때문이다. 고대 그리스에서는 노예가 밭을 갈고 식사를 준비하고 배를 젓는 동안, 시민은 지중해의 태양 아래서 시작詩作에 전념하고 수학과 씨름했다. 예술이란 그런 것이다.

하루키는 《스푸트니크의 연인》이나 《해변의 카프카》를 통해서 문학은 꿈꾸는 것이며, 시 속의 말들은 결국 독자와 시인을 연결해주는 예언적인 터널임을 힘주어 일갈한다. 그러면서 이러한 예언적 터널을 연결시켜주는 작업이 바로 시로서의 기능임을 역설한다.

> "어두운 마음을 가진 사람은 어두운 꿈만 꾸지. 더욱 어두운 마음을 가진 사람은 꿈조차 꾸지 않는단다."

> 이해는 항상 오해의 전부에 지나지 않는다.
> 이것이(여기에서의 이야기지만) 내가 세계를 인식하는 작은 방법이다.

우리가 살고 있는 세상에서, 알고 있는 것과 모르는 것은 사실 삼쌍둥이처럼 숙명적으로 구분하기 어려운 혼돈으로서 존재한다. 혼돈, 혼돈.

대체 누가 바다와, 바다가 반영시키는 그림자를 구분할 수 있을까? 또는 비와 외로움을 구분할 수 있을까?

–《스푸트니크의 연인》중에서

"뛰어난 시란 다소의 차이는 있지만 그런 것이니까. 만약 시 속에 있는 말들이, 독자와의 사이를 이어주는 예언적인 터널을 찾지 못한다면, 그건 시로서의 기능을 다하지 못한 것이 되지."

–《해변의 카프카》중에서

소설가는 문장으로 세계를 규명하는 직업인이다. 이런 소설가의 사회적 책무에 대해 하루키는 말하지 않고 소설 속 문장으로 표현한다.

〈칼럼 무라카미 하루키의 비유 입문〉

: 미술편

그림의 비유는 살짝 상급자용이다. '바르비종파와 같은 빛', '렘브란트의 그림 같은', '마치 벨라스케스가 그린 남자처럼' 등등과 같은 표현을 사용해도 이해하지 못할 위험성이 있기 때문이다. 하지만 표현이 딱 맞아 들어가면 분명 반짝거리는 아름다운 문장이 될 것이다.

그녀는 마치 렘브란트가 옷의 주름을 그릴 때처럼 주의 깊게 시간을 들여 토스트에 잼을 발랐다.
― 《1Q84》 BOOK2 제16장

높은 창문에서 루벤스의 그림처럼 내리쬐는 햇빛이 테이블의 한가운데 확실히 빛과 어둠의 경계선을 긋고 있다.
― 《1973년의 핀볼》

11월의 차가운 비가 대지를 어둡게 적시고 비옷을 입은 정비사들, 밋밋한 공항 건물 위에 서 있는 깃발, BMW 광고판, 그 모든 것이 플랑드르파의 음울한 그림의 배경처럼 보였다.
― 《노르웨이의 숲》 제1장

나와 엘리베이터는 '남자와 엘리베이터'라는 제목의 정물화처럼 그곳에 조용히 머물러 있었다.

– 《세계의 끝과 하드보일드 원더랜드》 제1장

혹은 우리는 에셔의 속임수 그림과 같은 곳을 그저 왔다 갔다 하는 것일지도 모른다.
– 《세계의 끝과 하드보일드 원더랜드》 제1장

마치 키리코의 그림 안 정경처럼 여자의 그림자만 길 위를 가로질러 내 쪽으로 길게 늘어나 있었다.
– 《태엽 감는 새 연대기》 제1부 제1장

그곳은 마치 뭉크가 카프카의 소설을 위해 삽화를 그린다면 분명 이런 식의 그림이 되지 않을까 하는 생각이 드는 장소였다.
– 《태엽 감는 새 연대기》 제2부 제6장

"나와 당신은 의식 속에서 관계를 가졌어"라고 내가 말했다. 실제로 입 밖으로 소리를 내니 왠지 모르게 하얀 벽 위에 대담한 초현실주의 그림을 하나 건 것 같은 기분이 들었다.
– 《태엽 감는 새 연대기》 제2부 제14장

에드워드 호퍼가 '고독'이라는 제목으로 그림에 그릴 것 같은 광경이었다.
– 《애프터 다크》 제7장

혹은 설탕이라는 총알로 독자의 마음을 꿰뚫는 14가지 방법에 대해서

제2장

무라카미 하루키의
문체의 힘

《바람의 노래를 들어라》에서 배우는 '리믹스력'

완벽한 문장 같은 것은 존재하지 않아.
완벽한 절망이 존재하지 않는 것처럼.

1979년에 발표된 기념할 만한 무라카미 하루키의 데뷔작《바람의 노래를 들어라》의 첫 문장이다.《바람의 노래를 들어라》는 1970년 여름에 고향인 바닷가 마을로 돌아간 '내'가 친구인 '쥐'와 제이스 바에서 밤새 이야기를 나누고 왼쪽 새끼손가락이 없는 여자와 친해지는 18일간의 이야기다. 단편적인 문장의 집합과 독특한 대사 표현으로 구성된 팝아트 같은 문학이다. 그런데 이 첫 문장은 중국의 문호 루쉰의 잡문집《야초》의 한 문장인 "절망은 허망하다. 희망이 그런 것처럼"의 영향으로 보인다.

　무엇보다 작품 곳곳에 숨어 있는 보석 같은 명문장을 발견하는 재미는 독자들로 하여금 하루키 소설의 정수精髓를 느끼게 하는 빛나는 촌철살인이 아닐 수 없다.

이제 나는 이야기를 하려고 한다.

"글을 쓰는 직업은, 단적으로 말해서 자신과 자신을 둘러싼 사물과의 거리를 확인하는 일이다. 필요한 건 감성이 아니라 '잣대'다."

"어두운 마음을 가진 사람은 어두운 꿈만 꾸지. 더욱 어두운 마음을 가진 사람은 꿈조차 꾸지 않는단다."

"사람은 왜 죽는 걸까?"
"진화하기 때문이지. 개체는 진화의 에너지를 견뎌낼 수 없어서 세대교체를 하거든. 물론, 이건 하나의 가설에 지나지 않지만 말이야."

"한낮의 빛이 밤의 어둠의 깊이를 어찌 알겠는가."

죽은 사람에 대해서 얘기하기란 매우 어려운 일이지만, 젊은 나이에 죽은 여자에 대해서 얘기하는 건 더더욱 어렵다. 죽었기에, 그들은 영원히 젊기 때문이다.

사실 하루키 문학의 매력은 신구의 명문이 뒤섞인 리믹스력에 있다. 마치 인기 디제이가 클럽에서 마니아적인 레코드를 틀어서 손님을 춤추게 하는 것처럼 하루키도 외국문학, 고전, 명작 가운데 아름다운 말을 발굴하여 잘게 잘라 한데 섞어서 독자를 춤추게 한다.

외국문학 작품 중에서 로맹 롤랑의 《장 크리스토프》에서 진실의 실체를 찾기를 바라는 작가의 의도는 다분히 계산된 집필 의도를 갖기에 충분한 지점으로 향한다.

나는 이 방에 있는 가장 신성한 책, 즉 알파벳순으로 된 전화번호부에게 진실만을 얘기할 것을 맹세한다. 인생은 텅 비었다고. 그러나 물론 구원은 있다. 그도 그럴 것이 처음부터 완전히 텅 빈 것은 아니었기 때문이다. 우리는 정말로 고생에 고생을 거듭하며 열심히 노력하여 그것을 소모시켜서 텅 비워버린 것이다. 어떻게 고생하고, 어떤 식으로 소모시켜 왔는지는 여기에다 일일이 쓰지 않겠다. 귀찮기 때문이다. 그래도 꼭 알고 싶은 사람은 로맹 롤랑의 《장 크리스토프》을 읽어주기 바란다. 거기 전부 씌어 있다.

또한 외국의 전래되는 전설을 통해 아이러니하게 공포정치의 폐해를 토로하는 장면은 하루키 리믹스력의 압권이라고 할 만하다.

로렌느 지방의 훌륭한 재판관 레미는 8백 명의 마녀를 불태워 죽였는데, 그는 이 '공포 정치'를 자랑스러워하며 이렇게 말했다.
"나의 정의正義는 너무나도 널리 알려졌기 때문에, 지난번 체포
된 열여섯 명은 처형당하기도 전에, 자기 스스로 목을 매 죽을
정도다."

이 작품은 20대에 재즈카페를 경영하던 하루키가 가게 문을 닫
고 부엌 테이블에서 병맥주를 마시며 1시간씩 쓴 것으로, 한 챕터가
굉장히 짧은 것이 특징이다.

군조신인문학상을 수상했을 때는 "이런 가벼운 소설은 문학이
아니다"라는 평을 받았고, 아쿠타가와상 후보에 올랐을 때도 "외국
의 번역소설을 너무 많이 읽고 쓴 것 같은 겉멋이 든 버터 냄새 나
는 작품"이라는 평가를 받고 수상에 실패한다. 하지만 이 독특한 번
역체로 서양 팝음악처럼 뇌를 자극하는 '리믹스력'이야말로 하루키
의 마술인 것이다.

《1973년의 핀볼》에서 배우는 '망상력'

어느 맑은 일요일 아침에 눈을 뜨니 '나'의 양옆에 쌍둥이 자매가 잠을 자고 있었다…….

《1973년의 핀볼》은 궁극적인 망상문학이다.

'208'과 '209'라는 번호가 적힌 트레이닝복을 입은 쌍둥이는 이름도 없는 비밀로 가득 찬 인물들이다. 쌍둥이는 이름도 말하지 않고 어디에서 왔는지도 말하지 않고 '나'와 함께 살기 시작한다. 직접적으로 그려지지는 않지만 쌍둥이는 '나'와 육체적인 관계도 맺고 있는 것으로 보인다. 아름다운 쌍둥이를 양옆에 두고 침대에 누워 있는 것은 남성들이 할 수 있는 궁극적인 망상이다.

하루키가 표현하고자 하는 궁극적인 망상 장면은 자신의 탄생 비밀에서부터 유년시절의 기억에 관한 흔적을 찾는 데까지 다양한 스타일의 문장으로 확산된다.

"나도 모르지. 아마 자기가 태어난 별이기 때문일 거야. 그, 그런 거라구. 나도 대학을 졸업하면 토성으로 돌아갈 거야. 가서 후, 훌륭한 나라를 만들겠어. 혀, 혀, 혁명이라구."

당장이라도 녹이 슬 것만 같은 처량한 두 량짜리 교외 전차에서 내리자, 맨 먼저 그리운 풀 냄새가 코를 찔렀다. 까마득한 옛날, 소풍 때의 냄새다. 5월의 바람은 그처럼 시간의 저편에서 불어왔다. 얼굴을 들고 귀를 기울이면 종달새의 노랫소리까지 들린다. 나는 길게 하품을 하고 역 벤치에 앉아 지겨운 기분으로 담배를 한 개비 피웠다. 아침 일찍 아파트를 나설 때의 신선한 기분은 이미 완전히 사라지고 없었다. 모든 것이 똑같은 일의 반복에 지나지 않는다는 생각이 들었다. 끝없는 기시감, 되풀이될 때마다 악화되어 간다.

《1973년의 핀볼》에서 주인공인 '나'는 친구와 번역 사무소를 운영하고 있다. 그리고 예전에 엄청나게 빠져 있던 스리 플리퍼의 '스페이스십'이라는 핀볼 머신을 찾아 떠난다는 노스탤지어가 느껴지는 이야기다. 회상에 가까운 일이 단편적으로 투입되어 모든 말이 암시적으로 표현된다.

그 말들은 때로는 한 계절의 상실과 또 다른 계절의 등장, 그리고 그 안에서 잊혀져가는 계절에 대한 회상 신에서 하루키 문장의 기묘하고 센티멘털한 매력에 다다르게 된다.

한 계절이 문을 열고 사라지고 또 한 계절이 다른 문으로 들어온다. 사람들은 황급히 문을 열고 이봐, 잠깐 기다려, 할 얘기가 하나 있었는데 깜빡 잊었어, 하고 소리친다. 그러나 그곳에는 이미 아무도 없다. 문을 닫는다. 방 안에는 벌써 또 하나의 계절이 의자에 앉아서 성냥을 켜고 담배에 불을 붙이고 있다.

또한 어느 날 밤 걸려온 우울한 전화에서 들려오는 이해할 수 없는 대화를 통해 앞으로 일어날 잊혀져 가는 것들의 다양한 변주를 예감할 수 있게 만든다.

한밤중의 전화는 언제나 우울한 전화였다. 누군가가 수화기를 들고 작은 목소리로 얘기를 시작한다.
"이제 그 얘기는 그만두자…… 아니라니까, 그런 게 아니고…… 하지만 어쩔수 없잖아, 안 그래?…… 거짓말이 아니라구, 왜 거짓말을 하겠어?…… 아니, 그냥 피곤할 뿐이야…… 물론 미안하게 생각해…… 그러니까, …… 알았어, 알았으니까 조금 생각할 시간을 줘…… 전화로는 뭐라 얘기할 수가 없어……."

어느 날 이들은 저수지에서 '사람과 사람을 잇는 시스템'으로 되어있는 배전반의 장례식을 치른다. 이처럼 이해하기 힘들고 지리멸렬한 '나'의 일상이 풀리지 않는 퍼즐처럼 그려진다.

'망상력'은 때로 마음의 상처를 치유하는 약이 되기도 한다.

독자들은 있을 수 없는 망상이 끝없이 이루어지는 이야기일수록 중독될 정도로 '매력적'이라고 느낀다.

《양을 쫓는 모험》에서 배우는 '국제력'

무라카미 하루키가 전업작가가 되고 처음으로 쓴 소설이 바로《양을 쫓는 모험》이다. 재즈카페 피터 캣을 친구에게 넘기고 홋카이도에서 취재를 한 다음 쓴 소설이다. 해외에서는 이 작품이 가장 먼저 번역되었기 때문에 '무라카미 하루키의 첫 작품'이라고 여겨지기도 한다. 사실 영어로 번역해도 문장의 매력이 사라지지 않는 이 '국제력'이 하루키의 성공의 비밀이라고 할 수 있다.

아내와 헤어진 29세의 '나'는 특수한 귀를 가진 여자친구와 '양'을 찾으러 홋카이도로 떠난다. 거물급 우익의 비서에게 '나'와 친구가 같이 운영하는 광고회사의 광고에 사용된 양 무리의 사진이 문제가 되어 왠지 모를 압력을 받게 된다. 그 양의 사진은 친구인 '쥐'가 '나'에게 보내온 것이었는데…….

무언가를 찾아 헤매는 로드무비 같은 작풍은 먼저 아시아에서 번역되어 폭발적인 인기를 얻었다. 그리고 러시아에서까지 큰 인기를 얻었다.

하루키의 소설에 나타나는 로드무비의 작풍은 무언가 도시적인 것의 추구와 고급문화의 향유, 그리고 조금은 말로 표현하기 뭣한 하루키만의 무국적인 우울한 회색세계가 잘 드러나고 있다. 무엇보다 러시아와 유럽을 배경으로 한 쓸쓸하고 세기말적인 징후를 보여주는 하루키식 국제감각은 우리에게 하루키 문학의 이국적 정서를 충분히 음미하게 한다. 너무나도 감각적이어서 말로 표현하기 힘든 그의 느낌. 이 작품에선 우연성 같은 것은 애당초 존재하지 않는다. 이미 일어나버린 일은 명확하게 일어나버린 일이며 아직 일어나지 않은 일은 아직 명확하게 일어나지 않은 일이다.

소설 속 주인공 나는 제목 그대로 양을 쫓는 모험을 하기 시작한다. 양은 또 다른 의미의 '관념의 세계'를 의미한다. 양을 찾음과 동시에 되찾게 되는 나의 평범한 일상. 작가는 관념의 세계인 양 사나이를 찾음으로 해서, 또한 이율배반적으로 친구인 쥐를 잃음으로 해서 과거와 자신의 관념의 세계와 결별을 하고 일상으로의 익숙함과 아늑함을 되찾게 된다.

작가 자신의 처한 상황 그리고 작가가 던지고자 하는 메시지를 정확히 무엇이라고 정의내리긴 모호하지만 그 모든 것이 뒤섞인 하루키식 음산한 세계의 낯선 맛은 제대로 음미할 수 있다.

《양을 쫓는 모험》을 러시아어로 번역한 사람은 일본에서 통역을 하던 드미트리 코바레닌이다. 무단으로 러시아어 번역을 인터넷에 공개하여 큰 반향을 일으켰고 결과적으로 러시아에서 정식으로 출판하게 되었다. 니가타 현에서 통역을 하던 드미트리는 처음《양을 쫓는 모험》을 읽고 이것은 나의 이야기라고, 주인공이 마치 자신처럼 느껴졌다고 한다. 그리고 러시아에서도 좋아할 것이라고 직감했다고 한다.

바로 이것이 중요하다. 전 세계의 누구든 하루키 작품을 '자신의 이야기'라고 느낀다. 중국어나 러시아어로 번역해도 전해지는 영어적인 발상의 문장이 독자적인 국제력을 만들어낸 것이다.

이 작품을 한 문장으로 압축하면 바로 '하루키의 환상적 리얼리즘 소설'이 아닐까. 하루키가 그리는 소설 속 세계는 리얼하고 동시에 환상적이다. 그렇다면 우리가 일상을 보내는 평범한 우리의 삶은 어떤가? 그건 아마도 자신에게는 리얼하지만, 타인에게는 꼭 리얼하지만은 않을 것이다. 그 자체로 우리네 일상은 환상적이다. 하루키는 바로 우리네 인생이 소설과 삶, 삶과 소설이 돌고 도는 나선형의 리얼하고도 환상적인 그 어떤 것임을 묘파한다. 한마디로 인생은 좋은 의미에서든 나쁜 의미에서든 리얼하고도 환상적이다. 당신이 받아들이든 받아들이지 않던 상관없이. 저 눈앞의 모퉁이를 돌면 무엇이 튀어나올지 알 수 없다. 때문에 삶은 흥미롭고, 그리고 두렵다.

《세계의 끝과 하드보일드 원더랜드》에서 배우는 '오마주력'

　판타지와 공상과학^{SF}이 번갈아 등장하며 하나의 이야기로 이어지는 장편 대작으로, 무라카미 하루키 작품 가운데 최고 걸작으로 불리기도 한다.

　이 작품은 루이스 캐럴의《이상한 나라의 앨리스》를 의식한 오마주적인 작품이다. 사캐즘, 난센스, 꿈, 환각, 패러디, 게임, 수수께끼 등의 요소로 꽉 찬 이 이야기는 도쿄판 앨리스라고 할 수 있다. 물론 작품의 본문에도 슬쩍 등장한다.

　작가인 루이스 캐럴은 편두통 때문에 물건이 작게 보이다가 크게 보이다가 하는 체험을 하고 이 작품을 썼다고 전해진다. 이 작품에 큰 영향을 받은 하루키는 자신의 재즈카페 피터 캣의 성냥에《이상한 나라의 앨리스》에 등장하는 체셔고양이의 그림을 넣기도 했다.

　《이상한 나라의 앨리스》의 원래 제목이《땅속 나라의 앨리스$^{Alice's}$

Adventures Under Ground》였던 것처럼 '하드보일드 원더랜드'에서도 도쿄의 지하에서 벌어지는 모험이 꽤 많은 부분을 차지한다.

그곳으로 내려가는 것은 첫 부분에 등장하는 엘리베이터다. 주인공은 불안한 엘리베이터를 타고 지하로 향한다. 즉 의식의 심층부로 들어가는 것이다. 엘리베이터가 도착한 곳은 보통의 방이었다. 그곳에서 옷장 안을 통해 어둠의 세계로 들어간다.

첫째로 우선 넓이가 너무 달랐다. 내가 탄 엘리베이터는 자그마한 사무실이라고 해도 좋을 만큼 넓었다. 책상과 서류함과 캐비닛을 놓고 거기에다 소형 싱크대를 덧붙여도 아직 여유가 있을 만큼 널찍했다. 낙타 세 마리를 끌고 들어오고 중간 크기의 야자나무 한 그루쯤 심어봐도 넉넉할지도 모른다. 둘째로 청결했다. 마치 새로 만든 관棺처럼 청결했다. 주위의 벽과 천장이 얼룩이나 잡티 하나 없이 반짝거리는 스테인리스 스틸로 감싸져 있었고, 바닥에는 털이 긴 황록색의 카펫이 쭉 깔려 있었다. 셋째로는 오싹할 정도로 조용했다.

이 옷장을 통해 다른 세계로 들어가는 장면은《나니아 연대기》와도 닮았다. 명작 판타지에 대한 오마주를 여기저기서 볼 수 있다.

내가 안으로 들어가니까 소리도 없이 -말 그대로 소리도 없이- 스르륵 문이 닫히고, 그것을 마지막으로 아무 소리도 들리지 않았다. 서 있는 것인지 움직이고 있는 것인지조차 알 수 없을 정도였고, 깊은 강이 조용히 흐르는 것 같았다.

또한 작가의 전작 중 하나인 〈일각수의 꿈〉을 오마주한 문장들도 독자의 시선을 끈다.

"이건 이 도시에 있는 일각수 ·角獸의 두개골이지?"라고 나는 그녀에게 물어보았다. 그녀는 고개를 끄덕였다.
"오래된 꿈이 그 속에 배어 들어서 갇혀 있어요"라고 그녀는 조용하게 말했다.
"이게 이 책의 서문이에요."
"일각수가 멸종을 면하고 생존해 갈 수 있는 가능성이 딱 한 가지 있어요. 당신은 그게 무언지 알겠어요?"
"천적이 없는 것."

코난 도일의 《잃어버린 세계》나 일본 야쿠자의 전설적인 지하세계 묘사를 통해서도 잃어버린 일본의 찬란했던 한때를 회상하는 하루키식의 역사 오마주가 상징적으로 묘사되기도 한다.

"우선 그 장소가 아주 격리되어 있어야만 하겠지. 다른 동물이 침입할 수 없게. 예를 들면 코난 도일의《잃어버린 세계》처럼 땅이 높이 솟아 있다든가, 아니면 깊이 함몰되어 있을 것, 혹은 외륜산外輪山처럼 높은 벽으로 둘러싸여 있을 것."

"야미쿠로에 대해서 알고 싶소" 하고 나는 말했다.
"야미쿠로는 지하에 살고 있소. 지하철이나 하수도 등지 말이오. 그들은 그곳에 거처를 정하고, 도시가 남긴 것을 먹고, 오수를 마시며 살고 있소. 그리고 인간과 사귀는 일도 거의 없소. 그래서 야미쿠로의 존재를 알고 있는 사람은 얼마 안 되오. 사람들에게 해를 끼치는 일은 거의 없지만, 이따금 혼자서 지하로 길을 잘못 들어온 사람을 잡아먹은 적은 있소. 지하철 공사장에서 인부들이 때때로 행방불명되는 일이 있잖소."

하루키 소설의 오마주는 낯선 세계를 실험적으로 그린 작가들에 대한 존경의 의미로 읽힌다. 루이스 캐럴이나 코난 도일 그리고《나니아 연대기》등에 보이는 하루키의 오마주엔 소설에 대한 그만의 신념과 의지의 표상이 느껴진다. 그건 바로 또다른 낯선 세계를 동경하는 하루키식 세상 만들기인지도 모른다.

《노르웨이의 숲》에서 배우는 '인용력'

　명언이 여기저기서 튀어나오는 《노르웨이의 숲》은 인용 기법이 아주 뛰어나다.

　이야기는 37세의 '내'가 비행기를 타고 독일의 공항에 착륙하는 장면부터 시작된다. 비행기의 스피커에서 비틀스의 '노르웨이의 숲'이 작게 흘러나오고 '나'는 왠지 모르게 혼란스러워진다. 이 음악이 작품의 제목에 그대로 사용되었다.

　참고로 이 작품은 발표 직전까지 '빗속의 정원'이라는 전혀 다른 제목의 소설이었다. 이 제목도 작곡가 드뷔시의 피아노곡인 '비 오는 정원'에서 영감을 받은 것이다. 이 오리지널은 '싫은 날씨니까 '더 이상 숲에는 가지 않아'의 제상'이라는 곡으로 프랑스의 동화에 뿌리를 두고 있다. 제목에도 다양한 장치가 숨겨져 있는 것이다.

　그리고 "죽음은 생의 대극이 아니라 그 일부로 존재한다"는 명대사가 나온다. 나오코가 입원하는 아미료가 연상되는 요양시설을 무대로 하는 토마스 만의 소설《마의 산》에서 인용한 것으로 보인다.

《마의 산》에는 이런 대사가 나온다.

"죽음의 모험은 생의 안에 있어서 그 모험이 없으면 생은 생이 아니고 그 한가운데 신의 아이인 인간의 위치가 있다."

《노르웨이의 숲》에는 유난히 세계적인 대문호들의 고전 명작을 인용하는 부분이 많다. 도스토예프스키의 도박과 샐린저의《호밀밭의 파수꾼》주인공 흉내를 언급하며 젊은이들의 어둡고 횡횡한 내면심리를 묘사하는 장면도 인상적이다.

"그건 설명하기가 힘들어. 왜 도스토예프스키가 도박에 관해서 쓴 것(《도박사》를 두고 하는 말임-옮긴이) 있지? 그것과 마찬가지야. 즉 그건 말이지, 가능성이 주위에 충만해 있을 때, 그것을 그냥 두고 지나친다는 건 대단히 어려운 일이야. 알겠어?"

"당신은 뭔가 이상한 말투를 쓰네" 하고 그녀는 말했다. "《호밀밭의 파수꾼》에 나오는 남자 주인공 흉내를 내고 있는 건 아닐 테고."

"설마요"라고 말하면서 나는 웃었다.

또한 레이코의 명연주에 관한 기억으로 인용되는 〈카사블랑카〉나 미도리의 평화에 대한 갈망을 짐 모리슨의 노래에서 찾는 장면들도 인상적이다.

"외롭고 춥고 그리고 어둡고, 아무도 도와주러 오는 사람도 없고, 그
래서 내가 신청하지 않으면 레이코 언니는 이 곡을 연주하지 않아."
"왠지 〈카사블랑카〉 같은 이야기네" 하고 레이코 씨가 웃으면서
말했다.

미도리는 카운터에 한쪽 팔로 턱을 괴고 내 얼굴을 물끄러미 바
라보았다. "짐 모리슨의 노래에 그런 게 분명히 있었어."
"People are strange when you are a stranger(낯선 곳에 가면 사람
들이 낯설게 보여요)."
"피스peace" 하고 미도리가 말했다.

마지막으로 나이 차가 있는 나오코와 나를 이어주는 끈으로 작용
하는 〈노르웨이의 숲〉을 부른 비틀스 음악의 인용도 인상적이다. 이
음악을 인용함으로써 죽은 자로서의 나오코의 환상이 덧없는 환상
이 아니라 확실하게 존재하는 실재로서 나의 마음속 존재로 각인돼
있음을 상기시키는 장면은 독자들을 하루키 문장의 매력속으로 빠
져들게 하는 요인이었다.

무라카미 하루키는 명작을 인용해서 더 큰 명작을 만들어내는
천재다.

《댄스 댄스 댄스》에서 배우는 '단념력'

춤을 추는 거야. 음악이 계속되는 한.

양 사나이가 "춤을 추는 거야. 계속 추는 거야"라고 말하는《양을 쫓는 모험》의 명장면이다. 이 짧은 메시지는 무엇을 전하고 싶은 것일까?

깨끗하게 '단념'하라는 식으로도 받아들여진다. 단념했을 때, 새로운 인생이 열린다. 이 시대를 살아가는 인간에게는 단념하는 용기가 필요하다고 말하는 것처럼 들린다.

주인공인 '나'는 자유기고가로 '문화적 제설작업'을 하고 있다. 귀전문 모델을 하고 있는 고급 콜걸인 여자친구 키키를 찾으러 홋카이도로 향하면서 이야기가 시작된다.

오래된 호텔이었던 '돌고래 호텔'은 26층의 거대한 '돌핀 호텔'로

바뀌어 있었다. 호텔의 일실에서 양 사나이와 재회하고 영화를 본다. 그 영화에서 동창인 고탄다 군은 생물 선생님 역할을 하고 있었고, 베드신 장면에서 나온 사람은 바로 내가 찾던 키키였다.

"……왜 춤을 추는지 이유 같은 건 생각하면 안 돼. 의미 같은 건 생각하지 마. 의미 같은 건 원래 없어"하고 양 사나이가 말한다. 춤을 추는 것은 '산다'는 뜻이다. 사회에 기대하는 것을 단념해라, 사람은 자신이 원하는 대로 되지 않으니 단념해라, 결과를 통제하려는 것을 단념해라, 신은 단념한 사람을 탓하지 않는다. 행복은 단념하는 것부터 시작된다. 이런 말들을 반복적으로 속삭이는 것 같은 기분이 든다.

무라카미 하루키의 작품에는 항상 이런 무력감이 그려진다. 조금 떨어져서 세상을 약간 다른 시점에서 바라보는 '단념력'이야말로 하루키 작품의 중요한 매력 가운데 하나다.

"정신을 차려보니 무력감이 조용히 소리도 없이 물처럼 방 안에 차 있었다. 나는 그 무력감을 밀어 헤치듯이 목욕실로 가서 〈레드 클레이〉를 휘파람으로 불면서 샤워를 하고, 부엌에 선 채로 캔맥주를 마셨다. 그리고 눈을 감고 스페인어로 하나에서 열까지 센 다음, "끝났다" 하고 소리 내어 말하고는 손뼉을 치자

무력감은 바람에 날려가듯이 휙 사라져버렸다. 이것이 나의 주술呪術이다."

"어둡게 생각하는 건 아니야"라고 그는 말했다. "난 아직도 그녀를 좋아하고 있어. 그저 그뿐이야. 가끔씩 이렇게 생각해. (중략) 아무것도 필요 없어. 일정한 직업과 작지만 건실한 가정이 있으면 그걸로 돼. 어린애도 갖고 싶고, 일을 끝내고 돌아오는 길에 친구하고 어느 목로주점에 들러선 술을 마시며 불평을 하지. 그리고 집으로 돌아오면 그녀가 있어. 월부로 시빅이나 스바루를 사지. 그런 생활, 잘 생각해보면 내가 바라고 있는 건 그런 생활이란 말일세. 그녀가 있어주기만 하면 그걸로 돼."

하루키는 형태와 이야기, 둘 모두를 잘 다루지만 형태 쪽에 더 무게중심을 둔 작가다. 이루카와 양 사나이, 아메와 유키, 유키 엄마의 남자와 유키 아빠의 남자, 쓰바루와 마세라티, 유행하는 음악과 한때 유행했던 음악, 제대로 된 요리와 정크푸드, 전화와 우물, 뼈와 불구, 키키와 메이와 준, 자본주의가 추구하는 평범한 일상의 행복에 만족해하는 등장인물들의 태도를 통해 또다른 단념력을 추구하는 하루키의 낯선 표현력에 독자들은 새로운 매혹을 느낀다.

'나'는 환상의 세계의 사람들과 접촉하면서 현실을 조화롭게 인식한다. 그것은 일종의 춤을 추는 과정과 비슷하였다. 작게 스텝을 밟으며 서서히 빠져드는 춤처럼, 관념의 세계로 침잠하던 의식들이 조금씩 되살아나는 것이다. 비록 '나'와 연결된 사람들이 환상의 세계에서 하나 둘 사라지지만, '나'는 결국 처음의 자리로 되돌아가 '유미요시'를 만나고 현실의 사랑을 이룬다. '유미요시'는 나에게 사라지지 않는 현실의 구원자였다. 그들도 물론 언젠가 시간의 흐름 속으로 사라지겠지만 말이다.

하루키의 《댄스 댄스 댄스》를 읽고 있노라면 의식과 무의식의 경계에 서 있는 듯한 느낌이 든다. 카를 융의 '그림자 이론'을 소설로 각색한 듯한 느낌마저 들 때가 있다. 하루키의 작품이 대개 그렇듯 주인공은 현실 속의 사람들과 한 발짝 멀어져 있다. 자발적 소외. 그렇다. 그의 작품에서 주인공은 경제적으로나, 능력으로나 그다지 뒤처지지 않음에도 불구하고 그들과는 일정 거리를 두고 한발 물러서는 것이다. 주인공의 의식은 때로 원시의 신화와 맞닿아 있는 듯 보인다.

책에서 주인공인 '나'는 잡지사의 자유기고가로서 이혼 경력이 있는 34살의 사내다. 작품을 이끌어 가는 주인공들은 그 성향에 따라 '환상의 세계(또는 이미지의 세계)'에서 사는 사람들과 '영혼의 세계(또는 관념의 세계)'에 사는 사람들로 뚜렷이 구분된다. 내 주관적인 판단으로는 그랬다. 배우이자 학창시절 친구인 '고탄다', 고급 콜 걸이자 환상의 여인 '키키', '키키의 친구 '메이', 외팔이 시인 '딕 노 스'가 이미지의 세계에서 사는 사람들이라면 주인공인 '나'와 예지 능력이 있는 열세 살의 소녀 '유키', 그녀의 어머니인 '아메'는 관념 의 세계에 사는 사람들이다. 물론 그들은 현실이라는 공간에서 가 늘게 연결되어 있다.

> "메이의 죽음이 내게 가져온 것은, 오래된 꿈의 죽음 및 그 상실 감이었다. 딕 노스의 죽음은 내게 어떤 체념을 가져왔다. 그러나 고혼다(고탄다)의 죽음이 가져온 것은, 출구가 없는 납으로 만들 어진 상자와 같은 절망이었다. 고혼다의 죽음에는 구원이라는 게 없었다. 고혼다는 자신 속의 충동을, 자기 자신에 잘 동화시킬 수 가 없었다. 그리고 그 근원적인 힘이 그를 극한적인 장소까지 몰 고 간 것이다. 의식의 영역의 제일 가장자리까지. 그리고 그 경 계선 너머에 있는 어둠의 세계까지."

눈에 보이지 않는 구조적 통제 속에 얽매여 살아가게 마련인 고 도자본주의 사회에서, 진정 자기 나름대로의 스텝을 밟아나갈 수 있 는지를 진지하게 묻고 있는 이 작품은, 오늘을 사는 젊은 세대들의 삶의 의미와 가치관, 사랑과 섹스, 실존과 고독이라는 근원적인 문 제를 깊이 있고 예리하게 탐색하고 있다. 나아가 기존의 가치관이

흔들리고 자본이 신격화된 현대사회의 병폐에 집중하면서 새로운 출구를 찾아 나선 이 소설은 그 어느 작품보다도 하루키의 작가로 서의 깊은 고뇌와 진지함이 고스란히 녹아 있다.

《국경의 남쪽, 태양의 서쪽》에서 배우는 '장치력'

《국경의 남쪽, 태양의 서쪽》은 반자전적으로 무라카미 하루키 자신을 그린 것 같은 상실의 이야기다. 주인공은 부인과 귀여운 두 딸과 함께 행복한 가정을 꾸리고 있으며 장인의 힘으로 재즈 바도 경영하고 있다.

만족스럽게 행복한 삶을 살던 37세의 '나'는 어린시절 친구였던 시마모토 씨라는 여성을 좋아하게 된다. 초등학교 5학년 때 전학을 온 시마모토 씨는 소아마비의 후유증으로 조금 다리가 불편한 아이였다.

'나'는 일도 아주 잘되고 있었지만 비밀로 가득 찬 시마모토 씨에게 끌린다. 시마모토 씨가 결혼은 했는지, 어디서 무엇을 하는지, 왜 갑자기 나타났다가 사라지는지, 어떤 생각을 하는지 전혀 밝혀지지 않은 채 이야기는 끝이 난다.

이 소설에는 '상실'과 관련된 장치가 나온다. 이야기 속에서 '국경의 남쪽'이라는 냇 킹 콜의 레코드가 나오지만 이것은 실재하지 않는 환상 속의 노래다. 냇 킹 콜이 노래한 '국경의 남쪽'이라는 음원은 세상에 존재하지 않는다. 실제로 레코드가 없을 뿐만 아니라 이야기 속에서도 레코드가 사라진다. 어쩌면 시마모토 씨는 처음부터 존재하지 않았던 환영으로, 자기 안에 사는 연인일지도 모른다. 이런 것을 레코드를 통해 표현한 것이다.

상실과 관련된 장치는 사랑하던 사람의 신발을 회상하면서, 자연스럽게 그녀와 뜨겁게 사랑하던 연애의 기억으로 발전해 간다.

> 이즈미는 고개를 숙이고 한동안 자신의 신발을 쳐다보고 있었다. 평범한 검정색 단화였다. 옆에 있는 내 신발에 비하면 그건 장난감처럼 작아 보였다.
> "겁이 나." 그녀는 말했다. "왠지 요즘 이따금씩 껍데기가 없는 달팽이가 된 것 같은 기분이 들어."
> "나도 겁나"라고 나는 말했다. "왠지 이따끔씩 물갈퀴가 없는 개구리가 된 것 같은 기분이 들어."
> 그녀는 고개를 들고 내 얼굴을 바라보았다. 그리고 살며시 웃었다. 그러고 나서 우리는 누가 먼저랄 것도 없이 건물 뒤쪽 그늘로 가서 꼭 껴안고 키스했다. 우리는 껍데기를 잃어버린 달팽이였고, 물갈퀴를 잃어버린 개구리였다. 나는 그녀의 가슴을 내 가슴쪽으로 힘껏 끌어당겼다. 내 혀와 그녀의 혀가 부드럽게 닿았다.

그러면서 사랑하던 두 사람이 결국은 헤어질 수밖에 없었던 안타까운 상실의 순간으로 이어져 간다. 나의 잘못으로(사촌언니와의 관계) 인해 돌이킬 수 없는 결과를 낳고 마는 주인공의 실연의 과정은 독자들에게 알싸한 상실의 느낌을 그대로 전해준다.

실제로 나는 그녀에게 참혹한 상처를 입히고 말았다. 나는 그녀를 망가뜨리고 말았다. 그녀가 얼마나 상처입고, 얼마나 망가져 버렸는지 나도 쉽게 상상할 수 있었다. 이즈미는 그녀의 성적으로 쉽사리 들어갈 수 있을 대학 입시에도 실패하여 이름도 알 수 없는 어느 작은 여자대학에 들어가게 되었다. 나는 그 사촌언니와의 관계가 드러난 후에, 딱 한 번 이즈미를 만나 얘기를 했다. 나는 그녀에게 어떻게든 사실을 고백하려고 했다. 되도록 정직하게, 정성껏 말을 골라 나는 내 심정을 이즈미에게 전하려고 했다. 나와 그녀의 사촌언니 사이에 일어난 일은 결코 진지한 것이 아니라고. 그것은 일종의 물리적인 흡인력 같은 것이고, 내 마음 속에는 너를 배신했다는 양심의 가책조차 없다고. 그 일은 나와 너와의 관계에는 아무런 영향도 미치지 않는 일이라고.

하루키는 작품 속에서 다양한 상실의 장치들을 배치해 사랑의 덧없음과 이루어질 수 없는 사랑에 대한 헛된 연민을 서로 다른 색으로 변주해 내고 있다. 그 상황은 주인공이 경영하는 재즈클럽의 카운터에 앉아서 홀로 다이커리를 마시는 그녀의 모습에서, 거리에 내리는 비를 바라보며 열두 살 소년으로 돌아간 기분을 느끼는 장면 등에서 다채롭게 변주되고 있다.

> 그녀는 11월의 첫째 주 월요일 밤에 내가 경영하는 재즈클럽(클럽 명인 '로빈스 네스트'는 내가 좋아하는 흘러간 노래의 제목에서 따왔다)의 카운터에 앉아서 홀로 조용히 다이커리를 마시고 있었다.

> 어쩌면 난 환상 같은 걸 보았는지도 모른다고 생각했다. 나는 그곳에 우두커니 선 채로, 거리에 내리는 비를 한참 동안 바라보았다. 다시 한 번 열두 살 소년으로 돌아간 듯한 기분이 들었다. 어렸을 적, 나는 비가 내리는 날에는 아무것도 하지 않고 가만히 비를 쳐다보며 시간을 보냈다.

그리곤 헤어진 여인(시마모토)에 대한 회상은 함께 콘서트를 보러 가서 리스트의 피아노 협주곡을 듣던 시절과 언제나 조용히 비가 내리는 밤에 로빈스 네스트를 찾아왔던 그녀에 대한 기억으로 이어지곤 한다.

하루키는 일부 독자만 발견할 수 있는 보물 상자의 열쇠를 이야기 속에 몰래 숨겨놓고 즐기고 있는 것이다.

《태엽 감는 새 연대기》에서 배우는 '다층력'

《태엽 감는 새 연대기》는 무라카미 하루키의 최고 걸작이라고 불린다.

특히 복잡하고 중층적인 이야기의 구조가 높은 평가를 받는다. 주제는 몇 가지가 있지만 가장 큰 주제는 '폭력 및 근원적인 악과의 대결'이다. '연대기'라고 제목을 지은 만큼 3부나 되는 굉장히 긴 장편소설이다. 수수께끼가 끝없이 등장하며 등장인물도 모두 비밀스럽고 기묘하다. 읽고 있어도 무엇을 의미하는지, 무엇을 쓰고 싶었는지 이해하기가 쉽지 않다. 그래서 독자가 상상력을 발휘해서 읽지 않으면 따라가기가 힘들다. 하지만 이 세계의 복잡한 '다층성'이 그려진 것이 《태엽 감는 새 연대기》의 가장 큰 매력이기도 하다.

이야기의 시작은 오페라와 요리다. 부엌에서 스파게티를 삶고 있는 주인공에게 전화가 걸려온다. '나'는 FM방송을 들으며 로시니의

'도둑 까치' 서곡을 흥얼거리고 있었다. 이것도 전부 무언가를 암시하는 것처럼 쓰여 있다.

당신은 지금 프로그램 「태엽 감는 새 연대기」에 접속했습니다. 1에서 16까지의 문서 중에서 번호를 선택하십시오.

"10분, 시간을 줬으면 해." 여자가 불쑥 말했다.
나는 사람 목소리를 상당히 잘 기억한다고 자신하는 편이다. 그건 알지 못하는 목소리였다. "실례지만, 어디 거신 전화인가요?" 하고 나는 정중하게 물어보았다.
"당신에게 걸었지. 10분 만이라도 좋으니까 시간을 줘. 그럼 서로를 잘 알게 될 거야." 하고 여자는 말했다. 낮고 부드럽고, 특징 없는 목소리다.
"서로를 알 수 있다?"
"서로의 기분을."

근처 나무에서는 마치 태엽을 감는 것처럼 '끼이이익' 하고 소리를 내는 규칙적인 새소리가 들려온다. 그리고 '나'와 '아내'는 그 새를 '태엽 감는 새'라고 부른다. 태엽 감는 새는 조용한 세상의 태엽을 계속 감고 있는 것이다.

마치 초현실주의 그림처럼 여러 가지가 얽히고설켜 수수께끼로 가득 차 있다. 그런데도 독자는 왠지 알 것 같은 느낌이 들면서 책을 술술 재미있게 읽어나간다. 이것은 그림의 '데페이즈망'이라고 불리는 기법과 닮았다. 달리나 키리코와 같은 초현실주의 화가들이 자주 사용하던 기법이다. 하나의 모티브를 문맥에서 분리해서 다른 장소로 이동해놓는 것으로 화면에 위화감을 조성하는 표현기법이다.

하루키도 모두 제각각으로 보이는 키워드를 '집합적 무의식'의 상징인 '우물'에 던져놓고 다층적인 세계관을 즐기는 것이다.

어쩌면 내가 질지도 모른다. 나는 소실되고 말지도 모른다. 아무 것도 이루지 못할 수도 있다. 죽을 힘을 다했지만, 이미 모든 것이 돌이킬 수 없을 정도로 훼손된 다음일지도 모른다. 나는 그저 폐허에서 시커먼 재를 허망하게 움켜쥐고 있을 뿐인데, 그것을 나만 모르고 있는지도 모른다. 내 쪽에 돈을 거는 사람은 이 부근에는 아무도 없을지도 모른다. "상관없어." 하고 나는 조그맣게, 그러나 단호한 목소리로 거기에 있는 누군가를 향해 말했다. "이 말만은 할 수 있어. 적어도 내게는 기다려야 할 것이 있고, 찾아야 할 것이 있어."

여자가 총총 걸어 사람들의 흐름 속으로 사라진 후, 나는 그녀가 밟아 끈 담배꽁초와 필터에 묻은 립스틱을 한참 바라보았다. 그

선명한 빨강에 가노 마르타의 비닐 모자가 떠올랐다.

하루키는 이 작품에서 지금까지 잘 보여주지 않던 작가의 역사적 책무와 시대소명에 대해 묵직한 울림을 전한다. 그 이야기의 단초는 일본이 그토록 진실이 드러나기를 두려워하는 난징 대학살과 일본이 일으킨 전쟁의 참혹함에 대한 고발이다.

지금 우리가 벌이고 있는 전쟁은, 어느 모로 보나 정상적인 전쟁이 아닙니다. 소위님. 전선이 있고, 적과 대치해서 결전을 치르는 그런 전쟁이 아니란 말입니다. (중략) 난징에서도 몹쓸 짓을 참 많이 했습니다. 우리 부대도 마찬가지였어요. 수십 명을 우물에 던져 넣고, 위에서 수류탄 몇 발을 던집니다. 그 외에도 말로다 할 수 없는 짓을 했어요. 소위님, 이 전쟁에 대의 따위는 없습니다. 이건 그저 살육이에요. 그리고 짓밟히고 죽는 것은 결국 가난한 농민들입니다.

무라카미 하루키는 이 책이 출간된 직후 《중앙일보》와 가진 인터뷰에서 "나는 1970년대 이후 정신적 기둥이 없는 시간을 살아왔다. (그래서) 무언가 새로운 것을 만들지 않으면 안 되겠다는 생각이 든다. 먼저 역사로부터 배워야 한다는 생각이다. 《태엽 감는 새 연대기》에 2차 세계대전 중의 중국 이야기가 나오는 것도 이런 시도라 할 수 있다"고 밝혔다.

이 말대로 《태엽 감는 새 연대기》는 무라카미 하루키의 장편 소설 중 가장 실제 역사에 천착한 작품이다. 도오루는 아내의 가출을 계기로 불가사의한 인물들과 얽히면서 2차 세계대전 당시 일본이 저지른 만행과 과오, 역사의 무자비에 손상된 이들의 고통, 기둥 없는 시대를 살아가는 현대인의 황폐한 내면과 공허하고 기만적인 미디어 및 정치세계로 말려 들어간다. 마침내 '태엽 감는 새'로서 심안을 갖게 된 도오루는 세계의 일부를 치유하는 동시에 구미코를 공허로부터 구출해 되찾으려 한다.

하루키 문학의 분수령이 될 만한 《태엽 감는 새 연대기》가 미국으로 출판된 후, 미국의 유력 일간지들은 일제히 작품의 강렬한 서사에 찬사를 던졌다. 《시카고 트리뷴》은 "마치 꿈같은 강렬함, 무라카미 하루키는 천재다"라고 극찬했고, 《뉴욕 타임스》는 "무라카미 하루키의 예술세계에서 가장 주요한 모험이 되는 작품, 대담하고 관대한 책"이라고 평했다.

기묘함으로 가득한 《태엽 감는 새 연대기》의 세계는 그가 얼마나 충실한 관찰자인지 입증하는 사례이다. 정신적 기둥을 잃어버린 시대, 과거와 현재를 넘나들며 황폐를 치유하는 존재의 기록이다.

《스푸트니크의 연인》에서 배우는 '대화력'

"잘 지내?" "잘 지내. 초봄의 몰다우 강처럼."

'몰다우 강(역주: 블타바 강의 독일어 이름)'은 체코의 강이다. 높은 산에서 발원하기 때문에 따뜻해지면 눈이 녹아 물이 확 밀려들어 범람한다. 애정이 이런 식으로 넘쳐흐른다는 뜻일까? 어쨌든《스푸트니크의 연인》의 대화는 굉장히 매력적으로 반짝반짝 빛난다.

이 소설에서는 문학청년인 주인공 '나'와 문학소녀인 스미레, 그리고 연상의 여성 뮤의 삼각관계가 그려진다.

두 사람의 마음이 통해서 사랑이 이루어지는 일은 일어나지 않고 마치 스푸트니크라는 인공위성처럼 연애 감정이 엇갈리는 모습을 아주 잘 묘사하고 있다.

"너는 항상 여름날 오후에 냉장고 안에 있는 오이를 상상하면서 여자와 섹스를 하는 거야?"

"항상 그런 건 아니야."

"그럼 가끔은 한다는 거야?"

"가끔은."

나는 인정했다.

"만약 그게 성욕이 아니라고 말한다면 내 혈관에 흐르는 건 토마토주스야."

"응" 하고 나는 말했다.

이렇게 두근거리는 대화를 들어본 적이 있는가.

"넌 가끔 엄청나게 다정해져. 크리스마스와 여름방학과 방금 태어난 강아지가 합쳐진 것처럼."

"네가 없는 내 생활은 '맥 더 나이프'가 없는 밥 딜런의 베스트앨범 같은 거야."

사랑하는 사람과의 관계에 대한 대화는 자연스럽게 독자들을 성적인 본능이 어떤 성질의 것인지를 이해할 수 있는 장치로 작용한다.

또한 스미레와 뮤가 만나 와인 잔을 부딪치며 나누는 뜻밖의 만남과 서로의 끌림에 관한 대화도 자연스럽게 두 사람의 앞으로의 연애의 발전을 예감케 한다.

스미레는 찡그리고 있던 표정을 풀고 솔직하게 뮤에게 질문을 던졌다.

"하지만 우리는 조금 전에 만났을 뿐이고, 나에 대해서 아직 아무것도 모르잖아요?"

"그래요. 아무 것도 모를 수도 있죠."

"그런데 어떻게 내가 도움이 될 수 있다고 생각하세요?"

뮤는 글라스 안의 와인을 가볍게 회전시켰다.

"나는 전부터 사람을 얼굴로 판단하고 있어요."

그녀가 말했다.

"즉, 나는 당신의 얼굴과 표정이 마음에 들었다는 뜻이에요."

나와 뮤는 서로를 사랑하는 방식에 있어서 전혀 다른 감정을 가지고 있다. 사랑에 확신이 서지 않는 뮤에게 나는 뮤를 향한 변함 없는 애정을 확인시켜 주고, 뮤는 불안한 앞날을 걱정하면서도 나에 대한 애정어린 진심을 토로하는 장면도 하루키식 대화력의 정수를 보여주는 문장이 아닐 수 없다.

"스미레뿐 아니라 당신도 두 번 다시 만날 수 없을 것 같은 느낌이에요. 그래서 물어본 거예요."

"나는 당신을 미워하지 않습니다."

내가 말했다.

"하지만 앞으로는 어떻게 될지 모르잖아요?"

"그런 식으로 사람을 미워하지는 않습니다."

뮤는 모자를 벗고 앞머리를 정돈한 다음, 다시 모자를 고쳐 쓰고 눈이 부릴 듯한 시선으로 나를 보았다.

"그건 아마 당신이 누군가에게 무엇인가를 기대하지 않기 때문일 거예요."

그녀가 말했다. 그 눈은 깊고 맑았다. 처음 그녀를 만났을 때의 석양의 어둠처럼.

"나는 그렇지 않아요. 하지만 나는 당신이 좋아요, 정말."

《스푸트니크의 연인》은 어떤 의미에서는 순수한 문학청년과 문학소녀의 아름다운 꿈의 이야기기도 하다. 무라카미 하루키의 '대화력'을 최대한 즐기면서 읽는 것이 바로 정답이다.

43

《해변의 카프카》에서 배우는 '캐릭터력'

《해변의 카프카》는 무라카미 하루키의 10번째 장편소설로 전 세계가 사랑하는 기념비적인 장편 판타지소설이다. 연극으로 만들어지기도 했다.

무엇보다 이 작품은 캐릭터의 힘이 엄청나다.

주인공은 15세의 다무라 카프카다. 어린 시절 부모님이 이혼하고 어머니가 누나만 데리고 집을 나간 트라우마로 상처를 받은 카프카는 어느 날 가출을 한다. 마치 순례의 길에 오르는 것처럼 심야버스를 타고 다카마쓰로 향한다.

'카프카라 불리는 소년'도 등장하는데 그는 카프카의 머릿속에 있는 상상 속 친구다. 고독하고 친구가 없었기 때문에 자신의 머릿속에서 상상의 친구를 만들어 대화를 나눈다. 집에서 가지고 나온 접시서 칼을 의인화해서 '까마귀'라고 부른다.

나카노 구 노가타에 사는 나카타 씨도 등장한다. 글자를 읽지 못하는 미스터리한 노인으로 고양이와 대화하는 신기한 힘을 가지고 있다.

나카타 씨가 등장할 때마다 상대역으로 등장하는 사에키 상도 신비한 매력을 발산하는 인물이다. 그는 벼락에 대한 책을 쓴 작가로 나카타 씨가 돌아갈 가치가 있는 장소, 즉 나카타 씨의 소중한 옛추억을 상기시켜 주는 인물이다.

이들 외에도 특유의 개성 넘치는 인물들이 연이어 등장해 카프카의 판타지 세계를 더욱 신비하고 매력적인 공간으로 유도해 간다. 미미는 샴고양이와 대화를 나누는 신비한 고양이로, 나카타 씨와 사소한 일상사를 나누는 인물이다. 그녀는 TV를 너무 많이 봐서 세상 이치에 밝은 인물로 그려진다.

"미미 상은 머리가 참 좋네요" 하고 나카타 상은 샴고양이의 유창한 말솜씨에 감탄하며 말했다.
"천만에요" 하고 미미는 눈을 가늘게 뜨고 수줍은 듯이 말했다.
"집에서 빈둥빈둥 텔레비전만 보는 동안에 이렇게 되어버린 거에요. 쓸데없는 지식만 늘어나서 고민이에요. 나카타 상도 텔레비전을 보시나요?"

또한 사에키 상은 모든 동작을 잠 속에서 하는 신비의 여인으로,

꿈속에서 성욕도 느끼고 섹스도 하면서 다무라의 성장에 도움을 주는 여성 코칭을 맡고 있다.

다무라의 누나일지도 모르는 사쿠라 상은 의문의 여인으로, 카즈키의 출생의 비밀을 알고 있을 것 같은 느낌을 주는 상황을 연이어 만들어내는 예지력의 소유자이다.

"그런데도 네 어머니는 집을 나갈 때 네가 아닌, 핏줄이 닿지 않은 누나를 데리고 갔다 그 말이지?" 하고 사쿠라는 말한다.

"하지만 일반적으로 여성이라고 하면 그런 짓은 하지 않는 법이야. 물론 넌 그 일 때문에 상처를 입었지?"

그녀는 말한다. "너희 집만큼 근본적으로 복잡하지는 않지만, 나도 부모하고 줄곧 마음이 맞지 않았어. 하지만 말야, 어릴 때부터 너무 모든 걸 단정하지 않는 게 좋을 거야. 세상에는 절대라는 것은 없으니까."

여기에 절대고독의 세계를 즐기는 오시마 상도 다무라의 지적 성장에 커다란 영향을 끼치는 인물이다. 그는 나쓰메 소세키의 전집을 즐겨 읽는 독서가이기도 하며, 슈베르트의 피아노소나타를 세계 최고의 피아노곡이라고 평가하는 예술가의 기질마저 갖고 있는 독특한 인물이다.

"요컨대 어떤 종류의 불완전함을 지닌 작품은 불완전하다는 그 이유 때문에, 인간의 마음을 강하게 끌어당긴다. 예를 들어, 소세키의 〈고후〉에 마음이 끌린다고 했지. 《고코로》나 《산시로》 같은 완성된 작품에는 없는 흡인력이 미완성의 작품에는 있기 때문이지. 너는 그 작품을 발견한 거야. 슈베르트의 D장조 소나타도 그것과 마찬가지야. 그 음악에는 그 작품이 아니고서는 바랄 수 없는 마음의 실을 끌어당기는 힘이 있단 말이지."

이것만으로도 꽤 강력한 캐릭터 설정인데 계속해서 수상한 인물들이 등장한다. 카프카의 아버지는 예술적인 재능을 얻는 대신 자신의 영혼을 '악'에 팔아넘긴 조니 워커다. 근처의 고양이를 납치해서 죽인다. 야구팀 주니치 드래건스의 팬인 호시노 짱, 켄터키프라이드치킨의 창업자로 분장한 수수께끼의 인물 커널 샌더스도 등장한다.

영화나 애니메이션에 나와도 손색이 없을 것 같은 매력적인 캐릭터는 독자의 마음을 사로잡기 위한 불가결한 연출이기도 하다. 하루키는 항상 매력적인 캐릭터를 잘 다듬어서 이야기를 만들어낸다.

《애프터 다크》에서 배우는 '실험력'

《애프터 다크》는 시부야(라고 생각되는 곳)에서 하룻밤 사이에 일어난 일을 담담하게 써내려간 '실험적인' 작품이다. 해가 지고 난 후부터 날이 밝기까지의 비일상적인 하룻밤의 이야기이기 때문에 오후 11시 56분부터 오전 6시 52분까지 한정된 시간 동안 복수의 사람들이 교차되는 모습을 모큐멘터리처럼 그린다.

마리라는 이상한 소녀와 다카하시라는 청년의 만남부터 이야기가 시작되고 '나'라는 1인칭 시점이 아니라 아무런 감정이나 생각을 가지지 않은 신의 시점에서 '가공의 감시 카메라'로 보는 것 같은 묘사가 이어진다.

가공의 감시 카메라로 아사이 에리의 방을 감시하는 두 사람의 모습은 구체적인 실내의 곳곳을 사실적으로 비추면서 오히려 그로테스크한 비현실적 공간을 만들어낸다.

아사이 에리의 방. 얼굴 없는 남자가 감추어진 눈으로, 장막 안쪽에서 에리를 지켜보고 있다.

두 사람은 각자 호흡을 줄이고, 체온을 낮춘 채, 침묵을 지키며, 근육을 진정시키고, 의식의 출구를 알 수 없도록 빈 틈 없이 위장해버린다. (중략) 양쪽은 같은 시간대 안에 있다. 그것은 얼굴 없는 남자의 어깨가, 가끔씩 위아래로 완만하게 들썩이는 것을 보면 알 수 있다.

또한 작품 속 스카이 락 내부의 묘사는 나를 감시하는 그들의 세계와 내 자신의 내부세계와 구분되는 저쪽 세계가 구분이 안 될 만큼 혼란스럽게 묘사돼 소설이 추구하는 어둠 저편의 애매모호한 혼돈의 세계를 잘 표현하고 있다.

스카이 락의 내부. "그들과 나라고 하는 두 세계를 갈라놓고 있는 벽이란 건, 실제로는 존재하지 않을지도 모른다. 혹시 그런 벽이 있다 해도 종이를 겹겹이 붙여 만든, 허술한 하리포데라고나 할까, 그런 얇은 벽인지도 모른다. 몸을 슬쩍 기대는 순간 뚫려나가서, 벽의 반대편으로 쓰러져버릴지 모를 그런 벽이라고 할까. 우리 자신의 내부에 '저쪽 세계'가 이미 몰래 숨어 들어와 있는데도, 그런 것을 깨닫지 못하고 있는 것뿐인지도 모른다, 하는 그런 생각이 들었던 거야. 말로 설명하기는 어렵지만 말이지."

변함없이 이해하기 어려운 무라카미 하루키 월드가 작렬하는 것 같은 인상도 느껴지지만 이 실험적인 수법으로 패밀리레스토랑 '데니스'나 러브호텔 '알파빌'의 장면은 보다 현실적으로 생생하게 느껴진다.

"〈알파빌〉은 제가 제일 좋아하는 영화 중의 하나라서, 장 뤽 고다르의 작품이죠. (중략) 형이상학적인 영화예요. 흑백영화인데, 대사가 많고, 고전영화나 예술영화 전문 극장에서 상영할 법한 그런 영화죠."
"조금 전에 말한 형이상학적인 영화, 그게 무슨 뜻이야?"
"네, 예를 들면 영화〈알파빌〉에서는, 눈물을 흘리며 우는 사람은 체포되어 공개처형을 당하게 돼요."
"왜?"
"알파빌에서는, 사람은 깊은 감정이란 걸 가지면 안 되거든요. 그 때문에 알파빌엔 감정 같은 건 존재하지 않죠. 모순도 아이러니도 없어요. 모든 사물은 수식을 사용해서 집중적으로 처리하게 되어 있으니까요."

하루키는《애프터 다크》라는 작품을 통해 관리되는 사회 안에서 사는 인간의 무의식의 세계를 '실험적'으로 그려냈다.
"우리 인생은 밝고 어두운 것으로 단순하게 나눠져 있는 게 아니야. 그 중간에는 음영이라는 중간지대가 있어. 그 음영이라는 단계를 인식하고 이해하는 것이 건전한 지성이야"라는 대사도 나온다.

'해가 뜨기 전이 가장 어둡다'라는 사실을 사회의 어둠을 통해 그리려고 한 것인지도 모르겠다.

마지막으로 작가는 인간의 실존 세계 너머에 존재하는 관념적인 시점에 대해 언급하며 어둠의 세계가 우리네 일상 안에 존재함을 역설적인 표현으로 증명해나간다. 마치 어둠 저편에 또 하나의 진실의 세계가 존재하기라도 하는 것처럼.

《1Q84》에서 배우는 '엔터테인먼트력'

　책이 발간되고 2주 만에 100만 부 가까이 팔린 화제의 소설 《1Q84》는 조지 오웰의 근미래소설 《1984》를 베이스로 '근과거소설'로 쓴 작품이다. 간단하게 말하자면 서로에게 끌리는 아오마메와 덴고의, 남자와 여자가 만나서 사랑에 빠지는 로맨스물boy-meets-girl이다. 초등학교 때 딱 한 번 서로 손을 잡은 아오마메와 덴고는 어른이 되어서도 서로를 잊지 못하다가 20년 만에 다시 만난다. 이 시점에서 벌써 엔터테인먼트적인 요소가 가득하다고 할 수 있다.

　고속도로의 비상계단을 통해 야나체크의 음악과 함께 또 다른 1984년인 '1Q84년'의 세계로 두 주인공이 들어가게 된다. 히로오의 고급 스포츠클럽에서 근무하는 스포츠 인스트럭터인 아오마메는 여성을 가정폭력으로 괴롭히는 남자들을 암살하는 일을 하고 있다.

완벽한 비율과 달걀형의 얼굴에 짙은 녹색 선글라스를 끼고 있다. 이 아름다운 여성 암살자는 뤽 베송 감독의 영화 〈니키타〉를 생각나게 한다.

엔터테인먼트적 요소는 소설 속 중요한 전환시점에 예외없이 등장해 독자들을 옛추억의 향수에 물들게 한다. 추억의 영화 속 한 장면을 떠올리게 하는 이런 장치들은 작가가 그리는 1Q84의 세계가 어떠한 오리지널리티를 추구하고 있는지를 여실히 확인하게 해준다. 그것은 곧 80년대 마이클잭슨의 〈빌리 진〉이나 스탠리 큐블릭 감독의 전쟁영화 속 인긴의 장엄한 투사, 1981년의 찰스 왕세자와 다이애나의 결혼식으로 상징되는 대중들의 진한 향수를 자극하는 인간미 넘치는 영웅을 기리는 것일 것이다.

사람들은 그녀가 하이힐을 벗고 코트를 벗는 모습을 말없이 지켜보았다. 바로 앞에 서 있던 검은 도요타 셀리카의 열린 창문으로 마이클 잭슨의 새된 목소리가 배경음악처럼 흘러나왔다. 〈빌리 진〉. 스트립쇼 무대에 오른 것 같네, 그녀는 생각했다. 좋아, 보고 싶으면 보라지. 정체에 말려들어 꼼짝도 못하고 다들 어지간히 따분할 텐데. 하지만 여러분, 더 이상은 안 벗어요. 오늘은 하이힐하고 코트까지만. 안됐네요.

스텐리 큐브릭의 영화 〈영광의 길〉의 첫 장면에서 장군이 참호 진지를 시찰하듯이 그는 자신의 눈에 들어온 것에 고개를 끄덕였다.

1981년 초가을에는 그리 큰 사건은 일어나지 않았다. 그해 7월에 찰스 왕세자와 다이애나가 결혼식을 올렸고 그 여파가 그때까지도 이어지고 있었다.

하루키는 또한 1960대 미·소 핵미사일 전쟁을 다룬 미국 영화 〈그날이 오면〉이나 60년대 은막의 스타 페이 더나웨이가 등장하는 〈화려한 패배자〉, 60년대 잘 짜인 서부 사기극 〈스팅〉 등을 통해 지금의 1984년을 60년대의 오마주로 바라보고 있다.

이러한 60년대의 대중예술의 가치를 통틀어 조지 오웰의 《1984》에 등장하는 독재자 빅 브라더가 지금 현재 일본의 디스토피아적 세계인 1Q84년임을 암시하고 있는 것이다.

"자네도 잘 알겠지만, 조지 오웰은 소설 《1984》에서 빅 브라더라는 독재자를 등장시켰어. 물론 스탈린주의를 우화적으로 그린 것이지. 그리고 빅 브라더라는 용어는 그 이후 일종의 사회적 아이콘이 되었네. 그건 오웰의 공적이겠지. 그리고 바로 지금, 실제

1984년에 빅 브라더는 너무도 유명하고 너무도 빤히 보이는 존재가 되고 말았어."

이 교단에는 '리더'라고 불리는 교주가 있어요. 그자는 특수한 능력을 가진 것처럼 간주되고 있지요. 그 능력을 사용하여 때로는 난치병을 치료하고 미래를 예언하고 다양한 초자연적 현상을 일으키기도 한다는군요.

작품 안에 등장하는 소설 '공기 번데기'를 쓴 17살의 소녀의 이름은 후카다 에리코다. 부모님과 함께 야마나시 현에 있는 종교단체 '선구'에서 자란다. 굉장히 예쁜 얼굴로 난독증이 있는 설정이다. 하지만 긴 이야기나 외국어 노래를 통째로 암기하는 능력을 가지고 있다. 무라카미 하루키는 영화를 굉장히 좋아하기 때문에 엔터테인먼트의 힘이 사람을 움직이게 만든다는 사실을 아주 잘 알고 있다. 하여간 사람들을 즐겁게 만들기 위해서 쓴 《1Q84》는 그 이전까지는 없었던 도전인 것이다. 깊고 복잡한 내용을 되도록 많은 사람에게 심플하게 전달하는 방법으로 '엔터테인먼트력'을 사용했다고 볼 수 있다.

《색채가 없는 다자키 쓰쿠루와 그가 순례를 떠난 해》 에서 배우는 '스타일링력'

불교의 오색五色을 활용한 '순례'의 이야기다. 무라카미 하루키의 아버지는 국어 교사이기도 했지만 승려이기도 했기 때문에 불교에는 아주 친숙했을 것이다.《색채가 없는 다자키 쓰쿠루와 그가 순례를 떠난 해》에서는 등장인물의 이름의 색을 마치 패션처럼 스타일링해서 '무대효과'로 사용하고 있다.

아카(빨강), 아오(파랑), 구로(검정), 시로(하양)라는 '색채'와 관련된 이름을 가진 친구들과 멀어진 주인공 다자키 쓰쿠루는 '색채가 없는 인간'으로 그려진다. 남자는 아카, 아오, 여자는 구로, 시로다. 마치 컬러풀한 세계와 흑백의 세계를 대비시키듯 그리고 있다. 게다가 쓰쿠루의 여자친구의 이름은 '사라'다. '사라쌍수'의 꽃의 색이라는 이미지를 암시한다.

또한 다자키 쓰쿠루를 제외한 다른 넷에게는 아주 사소하고 우연한 공통점이 있었다. 이름에 색깔이 들어 있었던 것이다. 남자 둘은 성이 아카마쓰^{赤松}와 오우미^{青海}이고 여자 둘은 성이 사라네^{白根}와 구로노^{黑埜}다. 다자키만이 색깔과 인연이 없었다. 그 때문에 다자키는 처음부터 미묘한 소외감을 느꼈다. 물론 이름에 색깔이 있건 없건 그 사람의 인격과는 아무런 상관도 없다. 그건 잘 안다. 그러나 그는 그것을 애석하게 생각했고, 스스로도 놀란 일이지만 꽤 상처를 받기도 했다. 다른 넷은 당연한 것처럼 곧바로 서로를 색깔로 부르게 되었다. '아카^赤' '아오^青' '시로^白' '구로^黑'라고. 그는 그냥 그대로 '쓰쿠루'라 불렸다.

이는 마치 '비밀전대 고레인저'와 같은 악당들과 싸우는 드라마에서 영웅들이 자신의 캐릭터를 상징하는 '색'을 가지고 있는 것과 같은 구조다. 구로사와 아키라 감독의 영화 〈란〉에서도 빨간색과 검은색을 효과적으로 사용해서 전투 장면을 강조한다. 이 색채를 대비시키는 기법과도 비슷하다.

이처럼 색을 활용한 등장인물들의 성격과 재능을 표현하는 방식은 독자들에게 캐릭터의 개성과 특징을 적확하게 파악하게 하는 데 큰 힘을 발휘하게 된다. 빨간색으로 상징되는 아카는 물러섬이 없는 정열적인 수재로, 청색을 상징하는 아오는 성격이 활달한 청춘의 상징으로, 하얀색의 이미지로 표현되는 시로는 정직하고 깨끗한 평범한 모범생으로 각각의 캐릭터를 잘 나타내고 있다.

아카는 성적이 탁월했다. 딱히 공부를 열심히 하는 것 같지도 않은데 모든 과목에서 톱이었다. 그렇지만 그걸 내세우지 않고 한 발짝 뒤로 물러서서 친구들을 배려하곤 했다. 마치 자신의 뛰어난 두뇌가 부끄럽기라도 하다는 것처럼.

이오는 럭비부 포워드로 체격이 건장했다. 3학년 때는 팀에서 주장을 맡았다. 어깨가 넓고 가슴이 두꺼운 데다 이마가 널찍하고 입은 커다랬으며 코는 크고 묵직했다. 몸을 아끼지 않고 돌진하는 타입이라서 상처가 끊일 날이 없었다. 차분히 공부하는 타입은 아니었지만 성격이 활달해서 다들 호감을 가졌다.

시로는 옛날 일본 인형을 연상시키는 단정한 얼굴에 키가 크고 호리호리한 몸매가 꼭 모델 같았다. 옻칠이라도 한 듯 까맣게 윤기 흐르는 긴 머리카락이 아름다웠다. (중략) 성실하고 곧은 성격에 어떤 경우건 남에게 주목받는 것을 어려워했다. 피아노를 아름답게 잘 쳤지만 모르는 사람 앞에서는 절대로 솜씨를 드러내지 않았다.

이밖에도 회색을 상징하는 하이디 후미아키 씨와 다재다능한 재주를 겸비한 아버지 다자키 도시오의 이름에서도 각각의 인물들이 가지는 모호한 인간성과 이재理財에 능한 사업가의 면모가 잘 드러나곤 한다.

그의 이름은 하이다였다. 하이다 후미아키灰田文紹. 그 이름을 들었을 때 '여기에도 색이 있는 인간이 있다'라고 쓰쿠루는 생각했다. 미스터 그레이. 회색은 물론 눈에 잘 안 떠는 색깔이기는 하지만.

애니메이션이나 영화에서는 악역에는 검은색이나 보라색, 순진무구한 인물에게는 하얀색, 인기인에는 빨간색, 노란색, 파란색과 같은 색을 부여하는 암묵적인 규칙도 있다. 알라딘, 피노키오, 아리엘, 니모와 같은 디즈니의 캐릭터에도 전부 명확한 색 설정이 있다.

마치 '읽는 심리 테스트'와 같은 이야기다. 독자는 색의 의미를 게임처럼 해독하면서 책을 읽어나갈 것이다.

《기사단장 죽이기》에서 배우는 '재구성력'

무라카미 하루키의 베스트앨범과 같은 작품이다. '이게 바로 무라카미 하루키지'라는 말이 절로 나오는 단어와 스토리 전개로 꽉 찬 작품이다.

주인공은 36세의 초상화를 그리는 화가다. 어느 날 갑자기 아내인 유즈에게 이혼하자는 말을 듣게 된다. 유즈는 얼마 전부터 다른 남자와 바람을 피우고 있었다.

상처를 받은 '나'는 푸조 205를 타고 일본의 동북부 지역을 정처 없이 떠돌아다니는 여행을 떠난다. 북쪽으로는 홋카이도까지 가서 몇 개월이나 여행을 다닌다.

여행에서 돌아와 갈 곳이 없던 '나'에게 대학 때부터 친구이자 유명한 일본화 화가를 아버지로 둔 부자 친구 아마다 마사히코가 별장을 빌려준다.

그러던 어느 날, '나'에게 자신의 초상화를 그려달라고 거액의 보수를 주며 의뢰하는 사람이 나타난다. 멘시키 와타루라는 남자로, 그 역시 굉장한 부자다. 그리고 다락방에서 돈 조반니의 오페라의 한 장면을 그린 '기사단장 죽이기'라는 그림을 발견한다.

지금까지 설명한 내용을 보면 알겠지만 이제까지 하루키 작품에 들어 있던 요소가 전부 재이용되었다. 마치 가수가 예전에 히트한 대표곡을 자신이 직접 리메이크한 앨범 같다. 작가 자신의 작품을 재료로 삼아 셀프 패러디를 한 것 같은 느낌도 든다.

우선 하루키는 자신의 작품경향에 대한 셀프 오마주로 추상화에 대한 주인공의 생각과 스케치의 본질이 생생한 대상의 묘사에 있음을 강조한다. 이는 마치 자신의 작품경향을 미술의 세계에 빗대서 말하는 느낌을 갖는다.

추상화는 구체적이지 않은 이미지를 어디에도 얽매이지 않고 자유로이 그린 그림이다.

스케치를 보여주었다. 그녀는 그림이 마음에 든 눈치였다.

"엄청 생생하네."

"네가 생생해서 그래." 내가 말했다.

그녀가 감탄한 듯 한참 스케치를 들여다보았다. 마치 스스로도 몰랐던 자기 자신을 보는 것처럼.

"마음에 들면 선물할게."

"정말 그래도 돼?" 그녀가 말했다.

"물론이지, 그냥 크로키인걸."

예의 클래식 음악에 대한 헌사는 하루키 소설만이 가지는 독특하고 우아한 고전에 대한 그만의 오마주이다.

도모히코 씨네 집. 나는 이 집에서 독일 음악이 편애받는 데 불평할 입장이 못 되었다. 나는 바흐나 슈베르트, 브람스, 슈만, 베토벤의 음악을 듣는 것이 좋았다. 물론 모차르트도 빼놓을 수 없다. 그들의 음악은 심오하고 훌륭하며 아름다웠고, 지금까지 살아오는 동안 이런 류의 음악을 느긋하게 감상할 기회가 없었다. 그러니 우연히 이런 기회가 온 김에, 여기 있는 악곡들을 될 수 있는 한 제대로 들어보기로 마음먹었다.

또한 하루키는 현대인의 방황하는 성 모럴에 대한 입장도 소설 속 인물들을 통해 간접적으로 피력하고 있다. 이는 마치 《상실의 시대》에서 리오코 상이 와타나베에게 여자의 본성에 대해 충고하는 장면을 오마주한 느낌이다.

결혼한 뒤로 남편이 아닌 남자와 자는 건 처음이라고 그녀는 말했다.

"내 또래 친구들은 다 결혼했는데, 대부분 바람을 피우는 모양이 야." 그녀가 말했다.

"그런 얘기 자주 들었어."

"리사이클." 내가 말했다.

"나도 그중 하나가 될 줄은 몰랐지만."

그 연상의 유부녀와 관계를 맺고, 살아 있는 여자의 육체를 정기 적으로 안게 되면서 나는 일종의 안정을 얻었던 것 같다. 성숙한 여자의 살갗에서 전해지는 부드러운 감촉이 내 안의 답답한 기분 을 적잖이 가라앉혀 주었다.

그러다가 하루키는 중세의 '기사단장 신화'를 끄집어내기 위한 장치로 독자들에게 '괴담'의 매력에 대해 피력한다. 이는 곧 자신의 작품인《도쿄기담집》을 재구성한 작가의 구성적 트릭으로 볼 수 있 다. 여기에 또하나의 재구성으로 '기사단장의 세계'로 들어가는 기 묘한 입구에 대한 장치로《이상한 나라의 앨리스》를 연상시키는 지 하동굴에 관한 이야기를 끌어들인다.

고미와 내가 어느 날 지하동굴로 들어간다. 동굴의 형태는 꼭 앨 리스의 굴 같다. 정말로 좁고 작은 구멍이었지만 몸집이 작은 동 생은 쉽사리 들어갈 수 있다. 고미는 한참을 더 지나서 동굴의 좁 은 굴을 통과해 깊고 깊은 바다 밑바닥을 뚫고 한참을 더 내려간

나 혼자만을 위한 방에 갔다 온다. 오빠 그거 알아? 앨리스는 정말로 있어. 거짓말이 아니라 진짜로. 3월 토끼도, 바다코끼리도, 체셔고양이도, 트럼프 병사들도 전부 이 세상에 진짜로 있어. 우리는 풍혈에서 나와 밝은 현실세계로 돌아왔다. 그로부터 이 년 후 동생은 죽었다.

이러한 하루키의 자신의 작품세계에 대한 셀프 오마주부터 사랑의 본질에 관한 생각, 클래식에 관한 헌사에 이르기까지《기사단장 죽이기》의 재구성력은 다양한 색깔로 변주돼오다 결론적으로 '기사단장 죽이기'라는 기묘한 그림을 통해 작가의 진짜 하고 싶은 이야기로 정리가 된다. 그것은 바로 작가란 무엇을 하는 사람인가에 대한 본질적인 물음이다. 작품속에서 하루키는 역사의 진실을 외면하지 않고 있었던 사실과 진실의 관계를 생생히 드러내 보여주는 게 작가의 시대정신임을 일깨우고 있다.

'기사단장 죽이기'라는 기묘한 제목이 붙은 아마다 도모히코의 그림을 발견한 것은 순전히 우연이었다.
나는 왼쪽 아래 그려진 수염투성이의 '긴 얼굴'에게서 도저히 눈을 뗄 수 없었다. 마치 그가 뚜껑을 열고 나를 개인적으로 지하세계로 이끄는 것 같았다. 다른 누구도 아닌 나를. 그 아래 어떤 세계가 있을지 궁금해서 견딜 수 없었다. 그는 어디서 왔을까?

"나는 딱히 그림 속에서 빠져나온 게 아니야." 기사단장이 또 내 마음속을 읽은 것처럼 말했다.

"그 그림은 상당히 흥미로운 그림이지. 지금도 그대로일세. 기사단장은 지금도 그림 속에서 확실하게 죽어가고 있는 중이야. 가슴 한복판에서 장대하게 피를 내뿜으면서. 나는 급한 대로 그 인물의 모습을 잠깐 차용했을 뿐이네."

"역사에는 그대로 어둠 속에 묻어두는 게 좋을 일도 무척 많다네. 올바른 지식이 사람을 윤택하게 해준다는 법은 없네. 객관이 주관을 능가한다는 법도 없어. 사실이 망상을 치워버린다는 법도 없고 말일세."

이러한 다양한 작품의 오마주격인 재구성력은 분명 하루키의 정교한 작전이다. 작품을 계속 쓰다 보면 자신을 부정하고 다시 재생시키는 과정이 꼭 필요하기 때문이다.

하루키는 나 자신을 넘어서서 새로운 자신을 만들기 위한 의식으로 《기사단장 죽이기》를 쓴 것인지도 모른다.

무라카미 하루키 작품 목록

◆장편소설

《바람의 노래를 들어라》(1979년)

《1973년의 핀볼》(1980년)

《양을 쫓는 모험》(1982년)

《세계의 끝과 하드보일드 원더랜드》(1985년)

《노르웨이의 숲》 상·하권(1987년)

《댄스 댄스 댄스》 상·하권(1988년)

《국경의 남쪽, 태양의 서쪽》(1992년)

《태엽 감는 새 연대기》

    제1부 《도둑 까치》(1994년)

    제2부 《예언하는 새》(1994년)

    제3부 《새 잡이 사내》(1995년)

《스푸트니크의 연인》(1999년)

《해변의 카프카》 상·하권(2002년)

《애프터 다크》(2004년)

《1Q84》

《BOOK1》(2009년)

《BOOK2》(2009년)

《BOOK3》(2010년)

《색채가 없는 다자키 쓰쿠루와 그가 순례를 떠난 해》(2013년)

《기사단장 죽이기》

    제1부 《현현히는 이데아》(2017년)

제2부 《전이하는 메타포》(2017년)

◆단편집

《꿈에서 만나요》(1981년)-이토이 시게사토와 공저

《중국행 슬로보트》(1983년)

《4월의 어느 맑은 아침에 100퍼센트의 여자를 만나는 것에 대하여》(1983년)

《코끼리 공장의 해피엔드》(1983년)-안자이 미즈마루 그림

《반딧불이》(1984년)

《회전목마와 데드히트》(1985년)

《빵가게 재습격》(1986년)

《TV 피플》(1990년)

《밤의 거미원숭이》(1995년)-안자이 미즈마루 그림

《렉싱턴의 유령》(1996년)

《신의 아이들은 모두 춤춘다》(2000년)

《코끼리의 소멸》(2005년)

《도쿄기담집》(2005년)

《장님 버드나무와 잠자는 여자》(2009년)

《그리워서》(2013년)

《여자 없는 남자들》(2014년)

◆에세이집

《밸런타인데이의 무말랭이》(1984년)-안자이 미즈마루 그림

《파도의 그림, 파도의 이야기》(1984년)-이나코시 고이치 사진

《영화를 둘러싼 모험》(1985년)-가와모토 사부로 와 공저

《세일러복을 입은 연필》(1986년)-안자이 미즈마루 그림

《랑게르한스섬의 오후》(1986년)-안자이 미즈마루 그림

《더 스크랩》(1987년)

《해 뜨는 나라의 공장》(1987년)–안자이 미즈마루 그림

《더 스콧 피츠제럴드 북》(1988년)

《쿨하고 와일드한 백일몽》(1989년)

《이윽고 슬픈 외국어》(1994년)

《쓸모없는 풍경》(1994년)–이나코시 고이치 사진

《이렇게 작지만 확실한 행복》(1996년)

《장수 고양이의 비밀》(1997년)–안자이 미즈마루 그림

《포트레이트 인 재즈》(1997년)–와다 마코토 그림

《포트레이트 인 재즈 2》(2001년)–와다 마코토 그림

《저녁 무렵에 면도하기》(2001년)–오하시 아유미 그림

《의미가 없다면 스윙은 없다》(2005년)

《달리기를 말할 때 내가 하고 싶은 이야기》(2007년)

《무라카미 송》(2007년)–와다 마코토 그림

《채소의 기분, 바다표범의 키스》(2011년)–오하시 아유미 그림

《샐러드를 좋아하는 사자》(2012년)–오하시 아유미 그림

《직업으로서의 소설가》(2015년)

《무라카미 하루키 번역의 (거의) 모든 일》(2017년)

◆CD-ROM이 부록으로 들어간 책

《무라카미 아사히도 꿈의 서프시티》(1998년)–안자이 미즈마루 그림

《무라카미 아사히도 스메르자코프 대 오다 노부나가 가신단》(2001년)–안자
이 미즈마루 그림

◆대담집

《워크 돈 런》(1981년)–무라카미 류와 공저

《하루키, 하야오를 만나러 가다》(1996년)-가와이 하야오와 공저

《번역야화》(2000년)-시바타 모토유키와 공저

《번역야화 2 샐린저 전기》(2003년)-시바타 모토유키와의 공저

《꿈꾸기 위해 매일 아침 나는 눈을 뜹니다》 무라카미 하루키 인터뷰 모음집
1997~2009》(2010년)

《오자와 세이지 씨와 음악을 이야기하다》(2011년)-오자와 세이지와 공저

《수리부엉이는 황혼에 날아오른다》(2017년)-가와카미 미에코와 공저

《진짜 번역에 대해서 이야기해 보자》(2019년)-시바타 모토유키와 공저

◆기행문

《먼 북소리》(1990년)

《비 내리는 그리스에서 불볕천지 터키까지》(1990년)-마쓰무라 에이조 사진

《나는 여행기를 이렇게 쓴다》(1998년)

《하루키의 여행법 사진편》(1998년)-마쓰무라 에이조 사진

《무라카미 하루키의 위스키 성지 여행》(1999년)

《시드니!》(2001년)

《도쿄 마른오징어 클럽 지구를 헤매는 법》(2004년)-요시모토 유미, 쓰즈키
교이치와 공저

《라오스에 대체 뭐가 있는데요?》(2015년)

◆소설안내집

《젊은 독자를 위한 단편소설 안내》(1997년)

◆회문집

《마타타비아비타타마》(2000년)-도모자와 미미요 그림

《무라카미 가루타 토끼 맛있는 프랑스인》(2007년)-안자이 미즈마루 그림

◆그림책

《양 사나이의 크리스마스》(1985년)–사사키 마키 그림

《후와후와》(1998년)–안자이 미즈마루 그림

《이상한 도서관》(2005년)–사사키 마키 그림

《잠》(2010년)–카트 멘시크 그림

《빵가게를 습격하다》(2013년)–카트 멘시크 그림

《도서관 기담》(2014년)–카트 멘시크 그림

《버스데이 걸》(2017년)–카트 멘시크 그림

◆자선 문집

《무라카미 하루키 잡문집》(2011년)

◆논픽션

《언더그라운드》(1997년)

《약속된 장소에서 언더그라운드 2》(1998년)

◆전집

《무라카미 하루키 전집 1979~1989》 전 8권(1990~1991년)

《무라카미 하루키 전집 1990~2000》 전 7권(2002~2003년)

《첫 문학 무라카미 하루키》(2006년)

혹은 치즈케이크 모양을 한
나의 인생

나는 무라카미 하루키 덕분이 인생이 180도 바뀌었다.

문장 쓰기가 너무 힘들었던 내가 완전히 문학의 매력에 사로잡혀 버린 것이다. 중요한 것은 나도 쓸 수 있다고 믿는 것이다.

《국경의 남쪽, 태양의 서쪽》에는 주인공인 '내'가 BMW의 핸들을 쥐고 슈베르트를 들으면서 아오야마도리에서 신호를 기다리다가 문득 '이건 뭔가 내 인생이 아닌 거 같아'라고 생각하는 장면이 나오는데, 정말 이것과 똑같은 마음이다. 인생에서는 무슨 일이 일어날지 모르는 것이다.

글쓰기가 싫다고 생각하지 말고 꼭 무엇이든 쓰기 시작하길 바란다. 처음에는 하루키처럼 한번 써봐도 좋다. 꾸준히 쓰다가 조금이라도 나다운 문장을 쓸 수 있게 되면 그것으로 충분하다.

이 세상에는 뒤늦게 꽃을 피우는 작가도 아주 많다.

나쓰메 소세키가 본격적으로 전업작가의 길을 가기 시작한 것은 40세부터다. 마쓰모토 세이초는 인쇄공에서 광고 도안을 그리는 일을 하다

가 42세에 작가로 데뷔했다. 괴테가 《파우스트》를 쓰기 시작한 것은 26세 정도지만 완성한 것은 무려 82세였다. 구로다 나쓰코는 75세 때 《ab산고》로 아쿠타가와상을 수상했다. 캐나다의 작가 앨리스 먼로는 대학을 중퇴하고 도서관에서 일하다가 서점을 경영하면서 집필을 시작했다. 37세에 첫 단편소설집을 출판했다. 그리고 82세에 노벨상을 수상했다.

이 책을 통해 더 많은 사람들이 문장이라는 것이 참 재미있다는 사실을 알았으면 좋겠다. 이 책을 담당해 주신 치쿠마쇼보의 오야마 에쓰코 씨에게 진심으로 감사하다는 말을 전하고 싶다.

나카무라 구니오

무라카미 하루키를
맛있게 읽는 법

하루키의 문장은 맛있다. 맛있는 문장은 신선하고, 감미롭고, 낯설다. 그래서 가지각색의 오묘한 느낌으로 다채로운 세계를 요리해낸다.

맛있는 문장은 읽으면 읽을수록 양파 껍질 까듯이 아리고 달고 신산한 느낌이 다른 환경, 낯선 인물과 맞물리며 오만가지 세계의 환상적인 풍경을 변주해낸다.

90년대 한국 소설가들에게 무라카미 하루키라는 문학아이콘은 탈근대 소설이면서 포스트모더니즘이었고 시대를 선도하는 글로벌 아이덴티티였다. 40년 전 한국의 포스트모더니스트는 한때는 하루키 마니아였고, 지금의 청년 소설가는 싱싱한 소설의 성소(聖所)를 제공받는 하루키 추종자가 됐으며, 미래의 문학인은 시대를 관통하는 하루키 게임 마니아가 될지도 모른다.

《하루키는 이렇게 쓴다》엔 무라카미 하루키가 정성스레 차려놓은 다채로운 문장이 각양각색의 요리로 독자들의 입맛을 다시게 한다. 잘 차린 한

상을 제대로 음미하려면 서양식 코스가 제격이다. 에피타이저로 문장의 식욕을 돋우고, 메인요리로 본격적인 문장의 본질을 깊이 음미하며, 디저트로 아름다운 문장의 아쉬움을 달래면 제대로 하루키 요리를 음미한 것이다.

하루키 문학의 신선한 문장의 맛을 가볍게 맛볼 수 있는 에피타이저론 아무래도 일상을 툭툭 건드리듯이 가볍게 터치한 숱한 에세이의 맛이 독자들의 입맛을 돋우게 할 것이다. 여기에 사진가의 찰나의 순간과 일러스트레이터의 낯선 풍경이 합쳐져 세상을 향한 하루키의 감미로운 느낌이 여실히 전해져 온다. 제목도 재기발랄하고 기상천외한《채소의 기분, 바다표범의 키스》,《세일러복을 입은 연필》,《파도의 그림, 파도의 이야기》,《이렇게 작지만 확실한 행복》,《쿨하고 와일드한 백일몽》,《달리기를 말할 때 내가 하고 싶은 이야기》는 하루키 에피타이저를 제대로 음미할 수 있는 즐거운 시간이다.

신선하고 발랄한 에피타이저로 살살 식욕을 돋우셨다면 이제는 본격적인 메인 요리를 맛볼 차례다. 하루키 문학을 깊고 융숭하게 맛보시려면 역시 하루키 장편소설의 유장한 서사의 세계가 제격이다. 《노르웨이의 숲》, 《태엽 감는 새 연대기》, 《1Q84》, 《색채가 없는 다자키 쓰쿠루와 그가 순례를 떠난 해》, 《기사단장 죽이기》, 《해변의 카프카》, 《댄스 댄스 댄스》엔 하루키가 펼쳐놓은 멋진 신세계가 독자들을 하루키만의 낯선 신세계로 인도한다.

역시 메인요리에선 맛있고 화려하고 환상적인 하루키 문장의 다채로운 맛이 제대로 우러나는 작품들 일색이다. 이 대목에서 현대소설이기도 하고, 리얼리즘소설이기도 하고, 로맨틱소설이기도 하고, 환상소설이기도 한 '웰컴 투 하루키 월드'의 끝 모를 파노라마가 독자들을 열광시킨다.

메인요리의 진한 맛에 충분히 매료된 독자들은 자기만의 여유로운 디저트를 위해 너무 무겁지 않은 달달한 문장의 맛으로 입가심을 하고 싶을 것이다. 하루키 문장의 디저트로 알맞은 요리는 하루키의 순수한 문

장 맛을 음미할 만한 격조 높은 단편소설과 기행문, 대담집 등이 무리하지 않고 찬찬히 음미하며 하루키의 향훈을 만끽하게 해줄 것이다.

무엇보다 무라카미 하루키를 전 세계인들이 애호하고 시대와 주제에 관계없이 남녀노소 저만의 색깔로 음미할 수 있는 건 인류 보편의 공감할 수 있는 가치와 수준 높은 문장의 힘이 큰 몫을 했다. 전 세계 독자들은 실험적이고 대중적이며 주제의식이 명확한 인류공영의 가치와 정의를 향한 투쟁에 자기만의 노스탤지어를 반영해 그만의 방식으로 하루키를 소환해낸다.

하루키 소설은 늘 낯설고 신선하다. 하루키는 소설이 다다를 수 있는 거의 모든 것의 실험에 가닿았다. 때로는 하루 7시간 동안의 관찰자 시점의 실험소설(《애프터 다크》)을 선보이고, 때로는 시대를 압도하는 역사소설의 전범(《기사단장 죽이기》,《1Q84》)을 보여준다. 소설의 등장인물들은 어둡고 음습한 하드보일드 원더랜드와 노르웨이의 숲을 거닐며 색채가 없는 세상의 무미건조한 절망을 온몸으로 겪어낸다. 그들은 70년대 유행했던 핀볼 머신을 찾아 헤매기도 하고, 전쟁의 참화가 빚은 비극적인 과거를 직시하기도 한다. 그 모든 순례의 중심엔 하루키가 몸으로 쓴 상실과 회한의 서늘한 푸른 문장이 있다.

사실 하루키가 소설에서 하고자 한 얘기들은 너무나 사실적이고 인간적이어서 리얼리틱하다. 젊은 날의 열병 같은 사랑과 이별, 상실의 아픔, 쉽게 이루어질 수 없는 희망의 징조는 여느 소설이 쉽게 허락해주었던 희망과 정의의 연대를 쉽게 허용하지 않는다. 마치 그것이 인간사 모든 일들의 진짜 사실적인 희망의 근거라는 듯이……

《하루키는 이렇게 쓴다》를 맛있게 읽는 법은 저마다 다른 재료를 버무릴 때 저만의 기상천외한 맛이 살아난다. 이 책에서 제공한 33가지 하루키 작법의 독특한 문장 짓기의 비법들을 두루 음미하고 나서, 14권의 하

루키 대표 소설의 문체의 힘에는 어떤 것들이 있는지 찬찬히 신선한 문체 재료들을 확인하며 맛보시기 바란다. 여기에 보너스로 한국 식당에서 마련한 하루키 대표 작품 서평—《채소의 기분, 바다표범의 키스》,《스푸트니크의 연인》,《빵가게 재습격》,《도쿄기담집》,《회전목마의 데드히트》,《바람의 노래를 들어라》등 17권의 소설, 에세이, 자전적 소설론 등—을 자신의 입맛에 맞는 것만 가려 읽다보면 어느새 하루키 월드의 높은 지점에 저만이 닿아 있는 철저한 고독의 섬에 가 있을지도 모른다. 마치 하루키가 자기만의 생의 한가운데로 나아갔듯이.

하루키는 이렇게 쓴다

ⓒ 밀리언서재, 2020

초판 1쇄 인쇄 2020년 9월 10일
초판 1쇄 발행 2020년 9월 15일

지은이 나카무라 구니오
옮긴이 이현욱
펴낸이 정서윤
편집주간 맹한승
편집지원 추지영 임유란
디자인 정혜옥
마케팅 신용천
물류 비앤북스

펴낸곳 밀리언서재
등록 2020. 3. 10 제2020-000064호
주소 서울시 마포구 동교로 75
전화 02-332-3130 **팩스** 02-3141-4347
전자우편 million0313@naver.com

ISBN 978-11-970511-1-1 03800
정가 15,000원